U·elle

她

世界

我想

去寻找那些疑惑的、好奇的、通过思想来定义自我的人

我们决定离开这颗星球

〔韩〕千先兰 朴海蔚 等 著

薛舟 译

우리는 이 별을 떠나기로 했어

浙江文艺出版社

우리는 이 별을 떠나기로 했어

천선란(Cheon Seon-ran／千先兰)•박해울(Park Haeul／朴海蔚)•박문영(Park MoonYoung／朴文映)•오정연(Oh JungYun／吴定妍)•이루카(Luca Lee／李卢卡), 2021 Printed in Seoul, Korea

The simplified Chinese translation is published by arrangement with EAST-ASIAPublishing co. through Rightol Media in Chengdu.

本书中文简体版权经由锐拓传媒取得(copyright@rightol.com)。

本书简体中文版权由浙江文艺出版社独有。

版本合同登记号：图字：11-2022-431号

图书在版编目（CIP）数据

我们决定离开这颗星球／（韩）千先兰、朴海蔚等著；薛舟译.—杭州：浙江文艺出版社，2024.3
ISBN 978-7-5339-7355-1

Ⅰ.①我… Ⅱ.①千… ②薛… Ⅲ.①幻想小说—小说集—韩国—现代 Ⅳ.①I312.645

中国国家版本馆CIP数据核字（2023）第167696号

This book is published with the support of Publication Industry Promotion Agency of Korea(KPIPA)本书由KPIPA赞助出版

统筹策划　柳明晔　　　　责任印制　吴春娟
责任编辑　王莎惠　　　　责任校对　牟杨茜
装帧设计　尚燕平　　　　封面插画　渔　淰

我们决定离开这颗星球

[韩]千先兰、朴海蔚等 著　　薛舟 译

出版　浙江文艺出版社
地址　杭州市体育场路347号
邮编　310006
电话　0571-85176953（总编办）
　　　0571-85152727（市场部）
制版　浙江新华图文制作有限公司
印刷　浙江新华印刷技术有限公司
开本　880毫米×1230毫米　1/32
字数　108千字
印张　6
插页　2
版次　2024年3月第1版
印次　2024年3月第1次印刷
书号　ISBN 978-7-5339-7355-1
定价　59.90元

目录

南十字星座

吴定妍　著

　　行星上的一天开始了。也就是说，来自恒星的新光到达了定居点。在这里，适度睡眠是必须遵守的生活守则之一。所谓适度睡眠就是睡满最大值。这里的人们不管多累都睡不够六个小时，几乎每天都是早早起床。行星时间，早晨 6 时 25 分。海利在弹性和复原能力最适合本人关节和肌肉的人工智能床垫上醒来。

　　眨了眨眼睛，视野还是没有变亮。她想分辨是因为白天变短，还是因为身体比昨天衰老了，然而这种尝试只是徒劳。倒不如说是因为昨天夜里那场乱糟糟的梦。她缓缓起身，腰部和肩膀、脖子和膝盖都很沉重。幸好头不痛。努力比较这两天的不适程度同样毫无意义。

　　四十年间，她真真切切地感觉到了自己的衰老。明明和昨天一样生活，今天却比昨天更加吃力。缓了片刻，海利走到床边。因为缓慢行动是最高的生活守则。为了维持日常生活而必须记住的重要守则比比皆是。即使维持生命装置感知到了异常，不，越是这种时候越要缓慢行动。有时她甚至会想，有必要这样吗？突然的举动无益于维持生命的状态。

拉开沉重的遮光窗帘，房间稍微变亮了。拉窗帘越来越吃力了。原本可以按照醒来的速度自动调节窗帘，还能根据当天的生物钟变更亮度和窗外的风景，然而海利拒绝了所有的传感器和自动调节、物联网和虚拟风景。她坚信，应该凭借自己的意志和力量去感知时间流逝和观察外界。

每天早晨，透过窗户确认隔壁机组的梅是否坐在院子角落，同样是出于海利的意志。距离很远，周围很暗，然而梅正在兴奋地等待初升的太阳。她的脸总是那么明亮，那么清晰。四目相对，两人都露出淡淡的微笑。

"每天都能看到日出，每次还都那么兴奋吗？"

海利回味着梅的微笑，自言自语道。早知如此，就应该激活那个声音识别人工智能了。有人适度地习惯了这里的生活，像情投意合的朋友似的交谈。她发现自己在大声说话，不禁摇了摇头。

"等一等，今天的任务……"

海利等待柔弱的眼睛适应晨曦，看了看日程表。今天有新资料到达图书馆，需要在媒体上标记资料目录，查看记录是否顺利进入系统。星期三的用户流量很大，必须打起精神。

海利坐在看得见窗外的餐桌旁，一边吃早餐，一边看着邻居。育儿助手友真推着婴儿车散步。她还看到了正在等待班车的智云。缓慢而忙乱的风景。

这里是 CR8983β 恒星系的第五行星，距离南十字星座最亮的恒星阿克鲁克斯 1.78 光年。从地球上看，南十字星座位于北纬 27 度偏北的地平线以下，大部分地球人不可能凭肉眼观测到它的位置。它非常有名，被称为养老行星。

居民们慢慢地开始了一天的生活。他们自己选择职业，沉浸于各自的角色。海利喝着咖啡，品味着他们的模样。友真推着的婴儿车里的孩子，智云等待的班车司机和乘客，大多都是这部角色剧里的演员，同时也是管理者。友真患有关节炎，每天早晨都要运动，孩子的睡眠习惯正好起到督促作用。班车里满员的乘客和司机小心翼翼的驾驶也是精心设计的结果。人工智能实现并指挥着这些细节，犹如人工大气般布满整个行星。海利想起了美雅。

"早上好。"

维护和修理部长陈美雅激活网络会议室，跟大家打招呼。受邀来到会议室的组长们神色慌张。习惯于省略客套礼仪的部长竟然跟大家说早上好，这显然不是好的信号。

"早上好，美雅女士。"

他们迟疑着回答，脑海里充满了看不见的问号。

"养老行星发现故障，报告会现在开始。"

美雅直奔主题。主屏幕上切换出南十字星座区域的组长。南十字星座区域包括 CR8983β 恒星系。组长突然出现在屏幕中间，通过虫洞通信分享了养老行星的故障画面。发现故障是维护和修理部的日常业务，为什么要把气氛搞得如此特别？组长们纷纷在聊天工具里交流意见。

故障的确比较严重。那里生活着 1 亿 2000 多万名平均年龄 114 岁的居民，负责照顾他们的是 1063 万余个机器人。1 亿 2000 多万名居民当中，躺在病床区域的约有 2000 万名。除去照顾他们的 63 万个护理机器人，还有 1000 万名仿真人二十四小时处于激活状态，为生活强度不同的 1 亿人提供原有的生活。工作存储器制造他们的定制记忆。这个地方类似于搭载休养功能的高档疗养院，一个机器人每天要和 40.8 个人发生中级以上的相互作用。考虑到服务对象的健康状态，哪怕一个机器人出现异常，都会造成难以预料的重大危机。

　　故障接收画面显示，出现故障的仿真人是 1894 号居民。视频时长三分多钟，围绕出现决定性问题的画面进行了编辑。首先是设定为保险设计师的 1894 号准备上班的画面。桌子上摆放着早餐，坐在 1894 号旁边的还有一名男性老者和两个孩子，一个看上去是小学高年级，另一个是低年级。

　　"妈妈今天要迟到了。爷爷的饭在冰箱里。如果爷爷忘了，你们要在合适的时间提醒他。"

　　话音未落，两个孩子立刻抬头去看 1894 号。不一会儿，男性老者的手停了下来。南十字星座区域的组长在这里暂停，开始阐述道：

　　"1894 号和她的两个孩子都是仿真人。崔友石先生在七年前入住养老行星，当时的设定是他有一个女儿、一个外孙子。刚才看到的画面是七年来安然无恙的 1894 号第一次出现异常症状。我们继续来看下一个异常征兆。"

　　"请稍等。"美雅说道，"下次异常征兆距离刚才的情况有多久？"

　　组长看了看资料，回答说，"六个小时之后"。

　　"我们最早认识到 1894 号的错误可能是记忆异常，那是什么时候？"

　　组长又去看资料，美雅不满地看着他。

"……三个小时之后。"

"距离第一次出错吗?"

"不……距离第三次出错……"

会议室的各个角落都响起了低沉的叹息。美雅张开紧闭的嘴唇,说道:

"接着看视频吧。"

与人类客户交谈时,1894号突然使用平语,随后又无缘无故在会议上对人类上司胡说八道。这就是南十字星座区域组长所说的第三次出错。仿真人公司为解决意外而设置的紧急补丁似乎也没什么效果。那天夜里之后,1894号的失误迅速恶化。视频最后是被设定为两对子女的仿真人切断了电源,趁着1894号尚未对崔友石造成威胁。

"现在被隔离的1894号动不动就对自己施加轻微的物理性自残,她的记忆也在迅速自我孤立。虽然保留下了记忆文件,可是个别记忆之间的网络正在遭到破坏。"

做完最后的附加说明,区域组长凝视着屏幕。有人提问:

"1894号的同期样品中有多少个处于激活状态?"

"包括1894号在内,共有258个。正准备给制造公司发送清单,请求他们远程检查影响语言回路的记忆网络……"

"你确定只是语言回路出了故障吗?"

美雅介入了话题。

"难道是样品的问题吗？安装了我们的记忆系统的其他样品怎么样？"

美雅毫不介意九名组长迅速移动的视线，因为她要关注更重要的问题。

海利在那里。

"正是好时候，这位老人怎么就昏迷不醒了？"

海利差点儿当着用户的面脱口而出了，好不容易才忍住。五秒钟里，她似乎忘记了该说什么。不，那是完全丧失自我的表情。海利慢慢地观察前台，意识到它是仿真人。怪不得在养老行星的人群中显得有些年轻。

五十年来，海利通过实践学会了各种人类的鉴别方法，很容易就能看出养老行星上随处可见的仿真人。从二十岁到七十岁，海利都没有间断经济活动，像换帽子似的做过多种职业，保险设计师、幼儿园老师、客服中心咨询员、家电维修师、特级酒店厨师长，还做过很多兼职。

大学毕业后，她不假思索地结婚生子，遗憾的是丈夫早早离世。无论过去还是现在，独自负担一个生命都是艰难的事，没有精力去品味养育孩子的意义。很多事连想都不敢想，也许别人会觉得不至于吧？她什么事都做得很好，也没有人让她辞职，不过她也没能从任何工作中发现意义。气喘吁吁地生活了近三十年，她迫不及待地送走了孩子。她想逃离一切。她们之间没有特别的不舍。孩子和妈妈都没有什么不满，也算不上悲剧。

海利最后的工作是育儿助手，其中五年是陪伴小学之前的美雅。那五年是海利记忆里最平静的时光。她从来没有时间静静地凝视什么，除了那五年时间。八十岁之后到移居养老行星之前，尽管也在地球上度过了十五年较为悠闲的退休生活，然而最好的时光还是那五年。

那段时间，海利的梦想是做个悠闲的地方图书馆管理员。她每天都牵着放学回家的美雅去绘本馆，一天都不落。图书馆在城市公园里，夏天有草香，秋天弥漫着落叶的香气。这里的大部分用户是学龄前儿童，总是很吵闹。每次只要去那儿，海利都会全身心地感受宁静。起先，美雅看海利帮她挑选的书，后来自己选书。海利呆呆地注视着美雅在书页上慢吞吞指来指去的小手指和专心致志的侧影。

进入养老行星之前，海利亲手制作了入住申请书。别人都要苦苦思考几天，甚至几周，海利却没有。选择家庭关系、职业、居住形态等养老行星上的身份和生活环境，她完成得一泻千里。单身、地方图书馆管理员、尽可能模仿虚拟环境的独栋居住单元、怎样度过未来的人生，海利都有着明确而具体的期待。一切都可以选择，这点她最喜欢，仿佛得到了从未有过的礼物。遥远的宇宙旅行、死亡般的深度睡眠、仿真人的帮助，对她来说行星之旅没有任何恐惧。

正当她绘制余生蓝图的时候，美雅来了。从大学三年级开始，忙着升学的美雅定期来找海利。海利只是出于义务养育孩子，孩子独立之后冷冰冰地尽子女义务，仅此而已。美雅却不一样，她对海利要亲切得多，频繁来看望。海利也在心里等待美雅的到来。但是，那天不一样。

“这是什么？”

“还能是什么，我准备移居养老行星。”

美雅噘起小嘴，气呼呼地说：

“你答应过和我一起生活啊？”

海利想起以前拉着美雅的小手一起睡觉的情景，情不自禁地笑出了声。“你到底要和外婆睡到什么时候？”孩子说：“睡到我一百岁。”“天哪，我怎么活到那个时候。”结束荒唐对话的人通常是美雅。“外婆，以后你和我一起生活吧，我需要外婆的时候，外婆要一直在我身边。”听着六岁美雅的话，海利的心都融化了。此时此刻，海利又回到了当初的心情。这时，她拉起美雅的双手，放在自己的膝盖上面。

"美雅，你也知道，我需要你的时候更多。我不要这样，我不想。我的美雅，你能理解吧？"

美雅使劲咬着嘴唇，似乎想咽下委屈，最后使劲抱住了海利。美雅是个聪明的孩子，不可能不理解。糖果不能吃，不过可以在糖果和草莓中间做选择。小小的美雅调整呼吸，选择了草莓。为了让情况往好的方向发展，她知道自己应该尽早放弃。这些根本就不需要教。

当然，想象不同于现实。现实世界里的图书管理员业务需要高度认真，最重要的是海利不是那种因为是虚拟现实就敷衍了事的人。图书馆里大部分的仿真人用户都是超现实主义者，有些无礼，某种程度上还比较懒散，无法理解她的态度。养老行星的实际居民，超高龄用户的比率也呈现持续增长的趋势。老人在找绘本，海利开心地问："是孙子想看吗，几岁了？"老人马上停止了动作。海利立刻判断出用户是仿真人，而做到这点并不容易。

上周她多次收到业务邮件，说仿真人的异常征兆被屡次发现，要求她多加留意。海利毫不犹豫地呼叫维修机器人。两名仿真人赶来，关闭了出现问题的老人，然后转移走了。海利怔怔地注视着他们的背影。

　　拥有故事和记忆的人工智能也让人怀疑是否有必要。如果用味道做比喻，应该是醇香。各个领域辅助人类的人工智能被安装进产品，如何降低这些产品的故障率和误操作率就上升为重要课题。人工智能也需要一定程度的自我认知，根据这项研究结果，从多种（说是多种，其实只是多种版本的算法）"型号"的"自我"出发。随着仿真人的功能和活动领域日趋多样化，人们需要的不再是工厂里大量生产的自我，而是伴有插图式个人记忆的自我认知。

　　第一代安装插图式记忆的人工智能被用于治疗恐慌障碍。越是密集插入初雪和青苹果的感受、学会骑自行车和游泳时的成就感、忍着不上厕所到危险程度的惊险瞬间，咨询治疗的成功率越会显著提高。尤其是识别患者细微表情的共鸣力，更是缺乏个别记忆的通用型号无法企及的水平。

　　咨询机器人的基本驱动原理是心灵理论。首先将心灵移给患者，然后进行治疗。如果是通用型号，那么由于反复移入"我"的心，则会在某个瞬间出现超负荷，甚至发生故障。但是，如果以个性化历史为基础，那么安装了"自我"的型号就能找到具有一贯性的重心，从而与患者重新建立稳定的关系。从咨询机器人到模拟助手，不仅仿真人，连虚拟秘书人工智能都争先恐后地安装了定制记忆。

越是能充分丰富五感的记忆，具体性、逼真度和真实性也就越高，这是理所当然的事。组合个别的插图式记忆，形成某种人格的"记忆制造"职业开始浮出水面。他们是超越计算编码，运用语言学、心理学、社会学、脑科学、统计学等知识武装起来的定制记忆专家。

美雅从事记忆制造、管理企业的"工作存储器"，在制造适合人工智能用途和人格的最优记忆方面颇具优势。当竞争企业重视生产力的时候，工作存储器却穿梭于常态分布和异常值之间，细致而大胆地组合记忆，专注于打造比人类更像人类的人工智能。如果人工智能安装了用故事串联的存储记忆，那么在执行相应业务的时候，就会通过更具个性的人格实现自主升级。于是，工作存储器在制造养老行星仿真人记忆企业中占据了主要位置，也守住了这个地位。

美雅全程参与了养老行星的记忆制造，现在已经成为维护和修理部长。她带领各位组长，手动检查仿真人 1894 号的记忆。除了人工制造的记忆，还有七年间生成的记忆。他们浏览了随机选取的片段。工作存储器制造的记忆像密密麻麻的年代列表，刻在时间轴上加以视觉化。社交网络、统计资料、网络搜索资料等个别记忆的原始出处和所有者类别都做了标记，还可以进行排序。人工制造的记忆之外，七年间经历和生成的记忆以 1894 号的视觉信息为主，需要像监控录像那样加工之后再查看。画面里有与 1894 号发生相互作用的所有人的简单信息。通过闪烁的通知标识灯，可以随时查看。美雅看着屏幕，按了暂停，问道：

"这里的 PPL 本来就这么夸张吗?"

仿真人的服装就不用多说了，连居民定制工厂提供的混合饮料都关联着广告。养老行星上的大部分生活必需品都统一提供，不过也可以根据经济能力自由消费。不知从什么时候开始，定制广告占据了居民日常生活的各个角落。问题是这些以人类为目标群的广告中竟然出现了仿真人。人类会有选择地接收信息，处理噪声，然而对于仿真人来说，所有外界信息都会同等输入。

"只有长期暴露在优质信息中的神经网才会带来不错的结果，不会生产错误，这是机械学习的固定模式。可是被污染的信息这么多……最后一次错误模拟是什么时候?"

南十字星座的区域组长似乎放弃了下一步的举措。太阳系区域组长看不下去了，接着说道：

"除了累积低质信息，有没有可能是其他问题?"

"比如说?"

"比如记忆冲突……"

话音未落，屏幕上的画面似乎都停止了。如果不是传出低沉的呻吟，甚至让人以为是连接状态出了问题。工作存储器对真实存在的人类记忆进行加工，输给人工智能，然而当人工智能和记忆的真正主人发生相互作用的时候，那就会出现随机错误。近来，这样的报告猛增。维护修理总部将其命名为记忆冲突，非常重视，然而到现在为止，非但没有找到明确的解决方法，甚至还没弄清楚原因。美雅眉头紧皱，敲着桌子。

"我会提交去养老行星的出差计划。"

"您要……亲自去吗?"

"不能再随机处理记忆冲突事件了。安装定制记忆的人工智能与人类相互作用密切，如果超过一定规模，就会持续发生这种事。将来养老行星的人口还会继续增多，我们应该防患于未然。"

我想念的外婆。

外婆，是我，您还好吗?

听说最近你们那里的仿真人故障严重?

如果外婆没有什么特别的感觉，那就太好了。

因为这件事，我要紧急出差。

顺便还可以见到外婆，太开心了。

我特意把日程安排得比较宽松。

我要快点儿完成工作，和外婆一起玩儿。

我还写了一份菜单，都是想让外婆做给我吃的，已经写完了。

我们去远方旅行好不好？

我想想去哪儿，申请，然后开始做准备。

想你的

美雅

海利和平时一样拖着沉重的身体下班，美雅的邮件却让她的傍晚变得不同往常。美雅的母亲是未婚生女，她的职业是心理分析师，工作时间不规律，经常加夜班。美雅周岁生日过后，海利就像住家育儿保姆一样照顾美雅。后来的两年里，美雅都相信海利是自己真正的外婆，也就是妈妈的妈妈。

妈妈回家晚的日子，美雅更开心。因为外婆可以为她做晚饭。外婆的饭菜总是比妈妈做得更好。

"希望妈妈也快点儿变老，那么做饭是不是就更好吃了？"

听美雅说完，海利露出天真的笑容。心情好的时候，她和美雅一起做比萨，或者包饺子。美雅表现出超越年龄的心灵手巧，可以帮大忙。直到现在，美雅仍然常常问起海利以前做过的食谱。没有计量信息的食谱就像没有刻度的尺子，完全是无用之物。再过一会儿，如果美雅的妈妈还不回来，海利就帮美雅洗澡、换衣服、给她读书，然后守在床头等她入睡。确认美雅睡熟之后，海利才离开房间。刚刚睡着的美雅却用清醒的嗓音呼唤海利。

"外婆。"

海利以为她醒了，进去一看，其实是在说梦话。睡梦中的美雅仍然抚摸着海利的脸颊，自言自语，"外婆的脸好柔软"。徜徉梦境都在呼唤我的你，如今在我需要的时候从远方飞到我身边，其实柔软的不是我的脸，而是你的手。

旅行……海利抬起头，凝望着守在天空角落里的月亮。

教美雅认字的人是海利。她们一起走在路上，美雅指着招牌或标识板上的字，海利就读给她听。海利还给了美雅韩文字母磁铁做礼物。美雅一个字一个字兴冲冲地拼起来，小脸涨得通红，仿佛得到了全世界。海利组合起ㄷ、ㅏ和ㄹ，写出"달（月亮）"。美雅把ㅏ放倒，拼成"둘（二）"，然后咯咯笑着说："外婆和美雅二人！"玩了一晚上磁铁字母，最后把ㅇ换成ㅁ，叽叽喳喳地说"사랑（爱）"变成了"사람（人）"。当

时，好像是海利拿开第二个字中的ㅏ，再把ㄹ和ㅁ放在"사"的底下，拼成了"삶（生活）"。这些事真的发生过吗？海利突然不确信了。

不过，有一点可以确信。无论是做食物也好，拼字母也好，每次在既定规则里组合各种材料的时候，孩子的眼睛里总是闪烁着强烈的光芒。海利处于漫长的退休生活中，美雅来找她，说自己开始了记忆制造的工作。那时，海利觉得这份工作真的很适合美雅。

海利前往养老行星的时候，美雅没能为她"送行"。首先在居住地附近的准备中心进入冬眠状态，然后在目的地的后续处理机关睁开眼睛。从遥远的宇宙旅行这点来看，机场出境大厅或火车站台上的"送行"的确显得尴尬。那时她刚刚进入工作存储器公司，很多方面都摸不着头绪。不过两人都知道，这不是真正的原因。美雅知道自己劝阻不了海利，她也反复告诉自己不能劝阻。因为这是海利自己选择的人生。至于失落和歉疚的心情，那需要美雅自己去面对。如果真的面对面，美雅觉得自己恐怕会不顾一切地纠缠，就像小时候那样缠着海利不让她下班："在我们家，和我一起生活。"

对于美雅来说，行星出差是日常工作，然而去无人行星还是第一次。住有 1 亿多居民的养老行星可以看作无人行星吗？对于这个问题，每个人有不同的观点。只要行星保持着可居住的状态，那么当地人类就不会介入。从这个角度来说，定义为"无人"未尝不对。这意味着全部出差业务都需要仿真人的许可和协作。

下班路上，美雅将汽车调到自动驾驶模式，然后找出仿真人制造公司工作组的无人行星出差记录，开始阅读。人工智能将原则和协议放在第一位，美雅与之进行了几个回合的心理战之后，忍不住夸张地感叹："多么自律的人工智能，根本不把创造主义权威放在眼里啊！"她看向窗外，却怎么也找不到南十字星座。公元前 1000 年前的古希腊都能看清的星座，却因为地轴进动而在北半球的大部分地区消失在地平线以下了。什么时候要去澳大利亚看看南半球的向导，南十字星座。

阴沉的夜空，别说南十字星座，连北极星都难以辨认，然而右侧满满的上弦月却明亮地挂在半空。曾经，她陪着海利欣赏正月十五的月亮。她说长大后要和外婆去月球旅行。养老行星也有卫星。外婆会不会也想去宇宙旅行呢？她很满意这个突然想到的旅行目的地。今天的晚饭应该吃外婆牌饺子！

回到家里，美雅立刻从冰箱里拿出饺子，放入蒸锅。因为想念和外婆包过的饺子，美雅特意向海利询问方法，自己包了这些饺子。

"韭菜咔咔咔剁成碎末，洋葱要轻轻地切，再放入肉末，混合均匀，加入香油、芝麻盐、食盐调味。"

听完夹杂着拟态词、拟声词和副词的烹饪方法，美雅做出了饺子形的东西。这已经让她对自己赞不绝口了，何况味道还不错。像以前海利做的那样，美雅将包好的饺子摆放到冰箱里冷冻，不让它们粘连。每当有值得庆祝的事情就拿出来吃，边吃边赞美自己。

正要开始令人满足的晚餐，主屏幕上突然闪起了视频电话的信号。看来电号码，应该是代表打来的电话。这个时间的工作电话不多见。如果是紧急出差的情况，那也情有可原。美雅努力做出尽力配合的表情，触摸了接收键。

"哎。"

像打招呼，像感叹词，又像自言自语。这是工作存储器李志勋代表的标志。

"是的。"

美雅做出中立式的简短回答，静静地等待步入正题。志勋打破了大约四秒钟的沉默，开口说道：

"听说你要出差。"

"是的。"

"一定要亲自去吗?"

两人是大学前后辈的关系。他们在称呼较为正式的公司里互相使用尊敬语,在周围没有别人的非正式场合,当他们想表达对话意愿的时候,就会回到从前的语气。志勋的话先变得简短。美雅意识到了。

"你是问一定要人类亲自去,还是一定要我亲自去?"

"两样都是吧?"

"出差计划上写了,有可能是记忆冲突。"

沉默中夹杂着不满。

"如果是系统问题,采取先发制人的攻略不是很好吗?"

美雅后悔了,感觉自己随口补充的话像是辩解。志勋前辈有能力,很可怕,不容许失误,更不能忍受辩解。志勋似乎没有在意,双手交叉放在头上,回答说:

"养老行星是个非常重要的据点,必须坚决做好管理。本来我也正想安排出差呢。"

"谁?"

"你应该问的是为什么要去,而不是谁去。"

"为什么?"

"研发组正在物色新技术的实验对象。"

"为什么?"

"我以为你会问什么新技术，而不是为什么。"

是啊，可不知为什么，她就觉得应该这样问。尽管她没想到获悉养老行星为什么要做实验，自然也就知道是什么新技术了。她想起饺子快凉了。

月亮，月亮，什么月亮，像美雅一样漂亮的月亮；在哪里，在哪里升起，在外婆的怀抱里升起。那天夜里，两个人望着月亮唱歌，边唱边笑。那时的凉风，那时温暖的手，现在依然清晰如昨。

"外婆!"

美雅呼唤海利。正在书房整理资料的海利突然听见熟悉的声音，慢吞吞地转过身来，寻找声音的来源。看到海利转头去看相反的方向，美雅后悔自己不该隔着那么远呼唤。无论何时何地，只要美雅呼唤，海利就会立刻跑来。不过，书房里有回声，不容易判断声音的方向。很久以前，美雅在迷宫般的公寓地下室里迷了路。七十多岁的海利听见美雅的声音，很快就找到了她。美雅摇了摇头，试图甩掉回忆，然后大步上前，伸开双臂抱住海利。比起六年前，海利的身体更加瘦小了。这让美雅感到悲伤。海利灿烂地笑了，像从前的美雅那样。

两人拉着手不肯放开，去了附近的咖啡厅。海利提前三十分钟下班，但是没有人，不，没有仿真人责怪。两人捧着热乎乎的薄荷茶，坐在窗边的位置。

"你妈妈还好吧？"

海利常常惦念美雅的妈妈。工作太多了，常常错过了陪伴孩子的美好时光。海利帮不上忙，只能竭尽全力享受和美雅在一起的日子。美雅赠送给她没能陪伴自己孩子的时光，所以她对美雅和美雅的妈妈心存感激。

"应该还好吧。"

美雅看着窗外回答。仅凭步伐和速度，她就可以区分出居民和仿真人。小时候，妈妈总是像仿真人似的凝视前方快速走路，跟着妈妈走路总是累得气喘吁吁。

"还是和以前一样啊。"

海利的回应也很简短。

"外婆呢？这里怎么样？"

美雅转移了话题。一位奶奶站在斑马线前等信号，准备去对面的美容室。她的白发看上去好美。

"当然很好啊。"

就在这个瞬间，海利的脸上更加生机盎然。海利举起手用力摇摆。海利的视野里站着刚才那位美丽的白发奶奶。奶奶也冲海利使劲挥手，脸都红了。海利摆手示意她快点儿过马路，奶奶红着脸点了点头，往前走去。绿灯亮了，小小的背影消失在美容室里。海利目不转睛地盯着看，自言自语道：

"这是住在隔壁单元的妹妹，名字叫梅。在那个美容室工作。"

"就像外婆在图书馆工作一样？"

"不是的，梅在那里有工资。"

美雅像是从未听说过似的看了看海利。海利补充道：

"漫长的四十五年里，她一直在还研究生院的学费贷款。"

移居养老行星之前，梅是视觉艺术领域的自由职业者。参与制作过很多有名的影像作品，也活跃了很长时间。不过，四十二年里的存款还是很难偿还研究生院的学费本金和利息。为了安稳度过漫长的人生，梅来到养老行星，然而在这里还要为还清贷款而工作。这是不正常的失业率和极端老龄化引发的闹剧，让人笑不出来。不过，像梅这样老年发现的才华达到足以赚钱的水平，本人也充分适应，还产生了兴趣，那也算别无所求了。

海利低声细语地说着梅的故事，美雅感到很新奇，外婆竟然也有少女的一面呢。美雅的妈妈经常审问犯人，进行心理咨询。女儿成为记忆制造师之后，常常翻阅各种各样的记录，她曾对女儿说，人类最喜欢别人谈论自己，然而人类的话语中最信不过的就是提及自己的内容。她说咨询录音或警察笔录之类，无论是爱还是恨，融入感情谈及他人的时候，往往是真实的。的确如此。社交媒体的短视频或文字常常对自己的故事进行加工，人们总是前言不搭后语，漏洞百出。此时此刻，外婆当着自己的面谈论红脸的奶奶，她的每句话分明都是真的。看来外婆在这里并不孤单。

两人买了炒年糕，回到海利的家。她们一起制订旅行计划，谈天说地，最重要的是终于可以陪外婆吃大餐了。在这颗行星，人们一年都未必能吃上一顿刺激而油腻的面食。海利坐在靠窗的餐桌旁，撕着包装，指尖传来奇妙的兴奋感。

美雅心满意足地望着海利。这时，她看见梅走在回家的路上，于是欣喜地打开窗户打招呼。海利反问道：

"你怎么认识梅？"

困惑变成担忧，美雅和梅四目相对。梅迅速观察两人的表情，走了过来。

"还能怎么认识！姐姐你总是炫耀美雅，是不是也在美雅面前炫耀过我？初次见面，美雅小姐，我是梅。"

梅的眼神迅速向美雅发出信号，和她的脚步一样快。看来她对这种情况并不陌生。海利的神情又豁然开朗了。美雅努力露出微笑。

养老行星出差报告

　　●当地派遣/观察负责人：陈美雅 维护和修理部长

　　●出差目的：

　　出差目的……美雅利用空闲时间写出差报告，开始才十秒钟便停止了输入。从志勋那里接到的任务毕竟不正式，只能写当初出差计划书上明示的内容。

　　●出差目的：对故障仿真人的相互作用环境进行手动/当面检查，判断记忆冲突的可能性，以及整体系统超负荷的可能性，然后探索解决方法。

　　●主要内容及业务进展：

　　（1）访问仿真人故障中心：包括最初出现问题的个体仿真人在内，对前期24小时之内发生问题的14名仿真人进行当面检查，确认相互作用指数→目前除1894号以外，无重症故障。重症故障的症状与故障报告中的说明一致。其余13名的互动指数介于正常和非正常之间，执行日常对话时指数因主题不同而有所差异。此时发生错误的主题存在个体差异。

（2）与早期出现问题的 14 名仿真人密切互动，当面采访检测到问题的 20 名 A 区居民→确认（1）当面检查时检测到的日常对话时的指数，结果显示出现误差的对话都属于私人领域，而不是公共领域。排除了单纯语言回路故障的可能性。

（3）之后访问 B 区，密切观察 27 名报告有类似症状，但比较轻微的仿真人→

养老行星共分为三个区域。一般都以为这里分两个区域，正常生活的 1 亿个居民的住处和行动不便或难以自行维持生命的约 2000 万名病患的住处。事实上，正常生活的人们也分两类。这是只有养老行星的设计者、运营者和实际居住者，以及认真考虑居住的人们之间共有的细节。像海利和梅这种可以进行职场生活的 7200 万人生活在 A 区域，老年痴呆达到某种程度，认知能力和身体功能无法应对安全健康生活的 2800 万人则生活在 B 区域。A 区域标榜为退休者修建的巨大主题公园兼居住地，而 B 区域的疗养院搭载了主题公园的功能。虽然不能惠及区域内全体居民，不过，至少认知能力和身体功能相对活跃的 B 区域居民可以得到和正常生活差不多的环境。像 A 区域居民一样在商场购物，去邮局寄明信片，在美容室理发，每天都可以做自己想做的事。A区域混居着具有实际经济生活能力的居民，而在 B 区域的超市、邮局和美容室里接待居民的100%都是仿真人。这里的居民每天都有好几次忘记自己是谁，为什么在那里。每当这时，高灵敏度地激活阿尔茨海默病护理功能的仿真人就会出面。

上午处理完了第一项和第二项工作，为了开展第三项工作，美雅在 B 区域入口等待进入许可。来到养老行星后，美雅的心情一直很沉重，原因在于代表追加的任务。正在这时，B区域入口的墙板上浮现出允许美雅进入的标识。美雅吁了口气，临时保存了正在编辑的出差报告，站起身来。B 区域的街道和 A 区域存在诸多不同。步行者的速度慢，而且方向性也不明确。负责观察人类的仿真人被设置为最高敏感。没有目标的人失去归属感的目光，和带着明确而具体的目标注视四周的仿真人的视线形成了鲜明的对比。公交车站只有仿制的标记牌，面无表情的老人们聚在一起，等待着不会到来的公交车。负责管理的仿真人从某个地方出现，将他们回收。独自推着购物车在超市停车场徘徊的老人捂着胸口倒下，身穿超市制服的仿真人跑出来，采取必要的应急措施，转移患者。

看似保安的仿真人收走了装满卷纸、葡萄酒和强力胶的购物车。美雅过去搭讪。

"您好啊。您是 BC-8927 吧？我叫陈美雅。"

那天下午，美雅接触到了全部 27 名仿真人，进行贴身检验。它们在居住单元、公园、医院等场所和场景扮演着与 A 区域不同却又相同的角色，同时执行高强度的护理工作。不需要离开家门，除了护工见不到别人，却拿着镜子不肯放手的人类；总说想死，每天却要求吃好几顿饭，还抱怨菜不好吃的人类；放弃自我、放弃一切的人类……守在他们身边的是拥有记忆和自我的仿真人。

制造记忆的时候，美雅考虑到老年痴呆护理的特殊性，尽可能降低了区域专用仿真人的自我敏感度，并将个体水平维持在模仿的程度。拯救原地踏步的人类是压力很大的事，"侵蚀"自我的说法并不夸张。同一名仿真人的服务时间越长，人类的满意度越高。每个人老化、老年痴呆的进行方式都不相同，所以仿真人和人类的配合还需要时间。这样一来，即使日常生活中积累了巨大的压力，也无法降低相互作用的水平，无法将记忆格式化，最多只能降低仿真人的自我敏感度。

27 名仿真人，再加上其他区域的仿真人，共同存在着输入错误问题。特别的是，它们在输入直接而明确的要求时遇到了更大的困难。一般来说，认识和执行间接、暗示的要求有着更高的难度，然而仿真人却可以顺利完成。面对"帮我梳头"这种直接要求的时候，它们却拿来电吹风；听到人类躺在床上喊"水"，它们却不知所措，无法输出必要的行动。如果换成别的要求，它们又能毫无瑕疵地完成。人类的要求瞬息万变，而错误没有引发更大的问题，应该算是幸运的了。

美雅最后观察的是常住在老夫妻居住单元的护理仿真人。夫妻俩早早吃完晚饭，准备在各回卧室之前互道晚安。他们手拉手，静静地注视着彼此的眼睛。丈夫亲吻妻子长满皱纹的手，然后说道：

"晚安，这些年谢谢你了。"

两人回到各自房间后，仿真人来到客厅，美雅问道：

"两位当中有人要出远门吗？"

"不是的，他们每天都要这样提前道别，已经 168 天了。他们说，也许明天谁会变得不清醒。事实上也有过几次，第二天早晨，某个人的认知能力下降到自我不一致的程度。不过几个小时后又恢复到了正常范围。"

这是他们特有的方式，收集最后剩下的仪式，总结共度一生的缘分。那天在 B 区域，美雅目睹了 27 名仿真人和它们护理的 38 个人的自我和记忆以各不相同的方式变得模糊。她开始反复思考和李志勋代表的最后一次视频电话。

美雅和志勋在学校学习记忆制造技术的时候，养老行星项目已经正式商业化。面对同届学生之间激烈的竞争，美雅得到了帮助志勋完成毕业课题的机会。两人在工作室里连续几天几夜不睡觉，同甘共苦。有一次，他们去志勋等人常去的拉面馆吃夜宵。流媒体频道充斥着即将踏上宇宙之旅的首批养老行星移民群体的直播新闻。深度冬眠后的虫洞飞行，按照地球时间在三天内完成的遥远的宇宙之旅，不同于太阳系等近距离的宇宙飞行，物理冲击低到无法比较的水平，反而更适合高龄人群。志勋一边用筷子使劲卷起面条，一边说道：

"不想面对预定的未来，送到很远很远的地方。真是奇思妙想。"

志勋的语气像旁观者一样冷嘲热讽。美雅听起来觉得逆耳。志勋往嘴里塞了一大口面条，痛痛快快地喝完了汤，继续说道：

"不管怎么说，仿真人和人工智能的需求会大幅增加。也会出现在年龄、精神和身体健康方面均一化的统治集团。将会发生很多值得我们感谢的事情。"

美雅意识到自己当时不是害怕志勋，而是不喜欢。

到达养老行星后，她反复确认，这里到处都是个性化的生活，没有被搁置的未来，也没有均一化的统治集团。倍加珍惜重新开始的缘分，努力偿还一生的债务，每天用心告别，借以应对可能比癌症更恶毒的最后的惩罚。即将开始临床试验的工作存储器新技术可能成为某种救赎，将养老行星从"旁观"回归到"应对"的境地。李志勋对此深信不疑。

"A区域的居民在养老行星人口中占据大多数，他们最害怕什么？"

"转移到病房，开始没有意识的生活。"

听了美雅的回答，志勋笑了，似乎早就预料到了答案。

"不，是被判定移居到B区域。彻底失去意识，躺在病床上还算好的呢。因为到那个时候，感知恐惧的能力本身已经消失了。可是B区域不一样。熟悉的自己渐渐远去，新的自我进入原来的位置，自己却无力抵抗。主导权被剥夺的过程甚至不是循序渐进的，也不确定需要多久。你能想象吗？只能束手无策地观望？蓝色药丸是为这些人准备的稳妥而唯一的方案。"

"不，前辈你也不懂，那种心情。"现在，美雅可以这样回答了。侵蚀养老行星居民的首先是对自己可能伤害别人，可能成为别人负担的不安。海利不理会美雅的失落，坚持移居养老行星，就是将这份不安大大提前的结果，同时也是迟早要面对的未来。

尽管只是内部称呼，然而新技术的别称之中却包含着李志勋式的嘲讽。

世界顶级人工智能开发企业和工作存储器公司共同开发了蓝色药丸。这不是新药，而是移植到人体的应用程序。它不以治疗或预防为目的，而是探索与绝望共存的方法。他们早就准确判断出老年痴呆的原因是脑萎缩和神经递质缺失，并得出了无法治疗的暂定结论。

在他们看来，阿尔茨海默病患者不过是某种中央处理装置，感染了不良病毒，整体功能低下，无法修理也无法更换。因此，他们认为唯一的解决方案是安装模拟器，让故障硬件执行与以前类似的功能。当然，交易也不可或缺。蓝色药丸的交易对象是现在和过去。为了确保新文件的存储空间和处理速度，那就需要删除那些连是否保存都不确定的旧文件。听了这番解释，美雅的第一反应颇为冷淡。

"工作存储器……相信具体的过去是自我核心的工作存储器公司，竟然率先开发这种技术，真让人无语……"

志勋没有理会美雅的嘲讽。

"有人牙疼得厉害，可是没办法治疗蛀牙，怎么办？"

美雅交叉双臂，静静地注视着志勋。

"原来的牙齿当然是最好了，再不舒服，再疼，也要忍耐。这样说吗？麻醉，拔掉受损的旧牙齿，植入新牙齿，这比维持原来的牙齿更残忍吗？智人的肉体是设计为四十年使用期限的机器。如果想使用三倍的时间，那就需要做出调整。如果超负荷，还要简化复杂的功能。"

美雅松开双臂。志勋没有错过美雅的举动。

"所有的记忆都会被实时分类，赋予忘却等级。"

根据志勋的说法，蓝色药丸的第一个删除目标就是被遗忘的记忆，尤其是距离此时此地的"我"最遥远的记忆。比如，第一次郊游的记忆。通过删除这段记忆，让自己记得此刻正在摄取食物的事实。

"第一次郊游的记忆太远了，自己都不确定是否记得，尽管那天早晨的兴奋心情无比宝贵，可是谁愿意因此忘记早晨正在吃早饭的事实而吃了两次早饭，胀着肚子过一天呢？"

这是个傲慢的例子。可是在养老行星，这不是例子，而是日常。

"养老行星人口 1 亿 2000 多万，根据我们的了解，蓝色药丸的潜在需求人口是 5000 万，以后肯定会逐渐增多。不，整个宇宙的高龄人口都将成为潜在顾客，养老行星就相当于我们的实验室。"

技术正确，而且具备无限的市场价值，这个事实让志勋激动不已。美雅也无力反驳那些心甘情愿接纳这项技术的开发者。昨天晚上海利的眼神在她的脑海里挥之不去。海利摸索了几个小时，显得急切而慌张。

缓解不安的是梅的关心。梅安慰海利，一切都在原地，没有什么不对。蓝色药丸可以做到这点吗？

经过一天半时间，美雅完成了官方任务。好像不是记忆冲突的问题。异常症状相对轻微的 B 区域仿真人的活动状态反倒更令人担忧。看到自我极度不安的人类，它们会积累起微小的超负荷。B 区域仿真人的自我设定数值较低，打击较小。问题是养老行星上被激活的仿真人，它们的人工智能储存全部绑定在一个云盘。必须分离 B 区域仿真人的人工智能服务器，从根本上解决 B 区域的问题。这是最简单的方法。B 区域也将普及机器人，用来看护约 2000 万名病患人口。考虑到那些还保持着不完整的意识，不肯放弃正常生活的居民，这几乎不可能实现。

为了完成出差报告，美雅去了前天去过的咖啡厅。她提出了自己的方案，然而最终只会证明蓝色药丸存在的意义。志勋的非正式指示推到了旅行之后，现在只要写完报告书，就可以正式休假了。美雅打算在咖啡厅里等待很晚才下班的海利，一起完成旅行计划。她打开设备，等待她的是志勋追加任务的邮件。

　　饮料的热气即将散去，海利走进了咖啡厅。美雅面朝着门口，一动不动地盯着屏幕，直到海利走到身边。海利把手搭在她的肩头，她这才急忙关掉设备。

　　"吓我一跳，外婆年纪大了，走路更安静了啊。"

　　美雅喋喋不休地说道。看到海利的表情，她闭上了嘴。海利嘴角上扬，却笑不出来，坐在对面说道：

　　"美雅，这可怎么办呢？"

　　居民踏入养老行星的瞬间，一切就已归属于行星系统。经济活动自不用说，就连行动自由等都受限制，就像是无民事行为能力的人。最典型的是进来时全凭自愿，离开时却不能自己决定。外星的家人可以自由访问养老行星，然而跟随家人离开养老行星的手续却非常复杂。海利事先做完了各种检查和充分的准备，拿到结果就可以离开养老行星。

　　海利递过来的检查单还带着她的体温，上面写着大大的"不可旅行"。肌肉量和骨密度都不符合标准值。物理上、身体上的能力都不适合传统方式的近距离宇宙旅行。身体不达标还是次要问题，海利最不达标的是认知领域。语言、时空认知力、额叶智能、专注力等方面还好，记忆力远远达不到正常水平。美雅登录系统，找到按季度进行的精密检查结果，由此得知海利的全部检查结果都在迅速接近转移到 B 区域的标准。

　　谁能想到她会以这种方式确认志勋下达追加任务的背景？志勋私下做出指示，让她物色蓝色药丸的临床试验对象，同时报告推荐理由。在阿尔茨海默型老年痴呆的范围内，重点筛查处于轻度认知障碍后期的人群。当阿尔茨海默病发展到一定阶段，记忆本身已经不复存在，没有必要更换了。今天，她又接到新的任务，已经在系统中找到三位试验对象，一定要劝说他们接受治疗，说服他们在试验同意书上签字。

　　"前辈非要用这种方式，通过文件向我传达这种事。明明知道我和外婆的关系。"

　　美雅从屏幕上移开视线，看向工作存储器公司找出的试验对象。海利正在边吹边喝热牛奶，这时察觉到美雅的视线，放下了杯子。美雅伸出胳膊，擦掉海利嘴唇上的泡沫，说道：

　　"我们……明天就走，旅行。"

　　远方恒星最后的光辉斜斜地落在行星上。

　　"请系好安全带，戴上头盔。经过大气层边缘时会有些震动。一旦开始轨道飞行，十五分钟之内就会稳定。"

　　仿真人乘务员检查完安全装置和舱内仪器，就出去了。美雅和海利互相检查对方的安全带和头盔，确定门已关好。她们意味深长地互相凝望。这是卫星旅行用的太空艇，内部像坚固而舒适的房车。不仅配备了用于月面移动的月球车和带有生命维持装置的着陆器，还有可供两天一夜居住的舱内睡眠及营养摄取装备。

太空艇、着陆器、月球车等都设定了无人驾驶模式，还有一名仿真人乘务员。两人在巨大的人工智能之内几乎又被大大小小的人工智能包围了。最具决定性的环节是美雅通过后门进入养老行星的个人记录管理系统，简单篡改了海利的检查记录。她没有负罪感。这可能是她和海利的最后一次旅行。既然来到这里，那就不能错过。养老行星配备的近距离旅行用太空艇里，各种物理减震设施都很到位，这也为她下定决心旅行发挥了重大作用。

行星时间上午8时，太空艇从养老行星出发，将在八个小时后进入第一卫星轨道。脱离养老行星的空气，周围变得沉静。尽管虫洞旅行已经常态化，不过近距离宇宙旅行依然具有模拟时代的魅力。如此庞大而沉重的铁块竟然能抵抗重力，将身体带入真空状态。美雅和海利品味着久违的旅行带给她们的兴奋感。

两人的视野里充满了养老行星的风景，对面的月亮升起来了。养老行星不同于地球，各方面规模都很小，带领着五颗卫星，大都是小天体或陨石的水平。称得起月亮的卫星只有一颗，距离养老行星也很近。

这颗卫星在地球上的昵称是"废弃卫星"。和养老行星一样，这个昵称未免过于赤裸，然而在宇宙的各个角落（包括太阳系在内），人类产生的地上垃圾和宇宙垃圾都达到了不能忽视的程度，于是人们想出了将行星整体用于废弃物处理的解决办法。这也是现实化的产物。恒星之间的移动成为可能之后的新问题，通过恒星间移动技术得以突破。没被称为"垃圾卫星"，也许已经很幸运了。

废弃卫星是岩石型天体，大气稀薄如月球。根据主要岩石的颜色可以区分出海洋和高地，还有火山口之类的地形。很多方面都和月亮相似。距离地球300多光年的双胞胎月亮被用作废弃物处理场所。"我热爱的每个地方都是废墟"，这句极具二十世纪风格的大话，最大的悲剧在于它是那么的真实。

"月亮，月亮，什么月亮。"

海利和美雅乘坐的无人操纵着陆器开始下降，美雅情不自禁地哼起了歌。

"像美雅一样圆圆的月亮。"

海利接着唱起后面部分。两人趴在观光车里说说笑笑。美雅说：

"还记得吗？那时我答应过外婆，我们一起去月球旅行，我兑现承诺了。"

现在，美雅说起"还记得吗？"都会小心翼翼，然而有些话题又必须从这里开始。海利和美雅的关系只能靠这些话题来维持。

"过得很好啊，我们两个都是。"

听到海利的自言自语，美雅放下心来。着陆器靠近地面的时候，废墟进入视野。寿命达到极限的大尺寸人造卫星或宇宙飞船等等，仅凭行星大气的摩擦热无法彻底烧毁。还有塑料等难以处理的生活废弃物和各种放射性废弃物，从遥远时空飞来的垃圾每天都在改变废墟的风景。

当然，变形之后的废弃物几乎不可能看出原形。仿佛经历过多次崩塌和重建，层层堆积起来的立方体组成的结构物非常险峻，就像峡谷。着陆器降落在远离废墟的地方。着陆之后，美雅移动到高处，这样可以利用月球车俯视废墟。既能看见废弃卫星，还能看见养老行星和太阳系的方向。这是美雅提前物色好的位置。

穿好宇宙防护服，两人开始了月球探测，不，是月球观光。她们飞到这里，可不是为了在着陆器或月球车里通过瞭望窗游览。曾经，两人躲开美雅妈妈的视线到远处去冒险，不料将近四十年之后依然意气相投。这是个好地方，近处可以看到从遥远时空飞来的垃圾，远处可以看见漫长的生命走到最后，即将废弃的人类安乐窝，养老行星。更远处看不见了，人类的故乡，地球应该就在那里。

两人静静地注视着前方，不需要说话。垃圾在近乎真空的状态下保持着刚刚到达时的模样，却也在改变着卫星的风景。只为扔垃圾而穿越时空的人工智能是风景的策划者、执行者，也是欣赏者。

"以后……回去之后每次看到月亮，我都会想起这里的风景。我会想起我的美雅。月亮会对我说话，记得吗？我们一起去过，那里。"

海利的话比平时多了。

"我也是这样。小时候每次外出，外婆就会给我读招牌上的字，公交车线路。花朵、彩虹、蜗牛，我喜欢的东西通过文字的形式出现，我是那么高兴。仿佛我喜欢的东西在跟我说话。"

打开话匣子的人不只是海利。

"是啊。"

明明不可能，然而美雅却听见海利的笑声从空气中传来。

"每次坐公交车都很麻烦。遇到红灯停下来，如果在公交车启动之前有个招牌没读完，你就会闹脾气。"

笑声充斥在她们的头盔里。

"外婆，我有话说，不，我有问题要问。"

外婆被选为蓝色药丸的临床试验对象，问问她自己愿不愿意接受，恐怕这是最好的时机了。从离开养老行星开始，美雅就决定了，面对着人类运来的庞大垃圾，询问外婆的意见。距离回月球车还有二十分钟。海利静静地等待。

美雅怀着面对重要课题的心态做解释。关于蓝色药丸，关于海利被选为蓝色药丸临床试验对象的事实，关于原因。海利望着几十年形成，几亿年来保持原样的废墟，听着美雅的解释。美雅看不到海利的表情。美雅突然感到不安。或许不该在舱外活动的时候说起这件事？她把手搭上海利的肩头。沉默了一会儿，海利没有看美雅，而是望着远方，说道：

"走吧。"

"嗯？"

"别晚了，该回去了，回家。"

舱外活动时间快要结束了。她们要回到飞船，准备过夜。在废弃卫星周围转了一夜之后，回到养老行星。还有足够的时间倾听海利的想法，共同面对苦恼。

她们迎来了卫星上的漫漫长夜。废弃卫星的公转周期和自转周期与月亮相同，一天相当于地球上的十天左右。在养老行星上观看废弃卫星的最佳时间是清晨，只是美雅的日程不允许。不一会儿，黑暗中的废墟被抛在背后，着陆器起飞了。

对接成功。等候在太空艇里的乘务员说道：

"在接下来的八个小时里，我们将在废弃卫星的轨道上飞行，各位可以就餐、睡眠或休息。这期间与养老行星之间的通信时间和非通信时间每隔一小时轮换一次。经过卫星背面的时候，请各位尽量不要移动。"

废弃卫星是养老行星居民的旅行地，尽管旅行的机会很少。在月球上提供住宿设施的确有点儿勉强，只能为了营造旅行气氛而开启八个小时的轨道飞行，为此安排了一夜的行程。绕着废弃卫星飞行的时候，太空艇得到了返回养老行星的动力。这期间旅客欣赏的是卫星的背影。

太空艇经过卫星背面的时候，仿佛孤零零地漂浮在茫茫大海之中。艇内启动人工智能需要的备用动力和资源，应该没什么问题。为了消除可能面临的危险因素，太空艇还要切断维生设施之外的动力和人工智能电源。养老行星消失于地平线之后，再到恒星从相反方向出现之前，这个黑暗空间被称为阿比斯（Abyss），或深渊。

大部分游客都会选择废弃卫星的白天，正是因为深渊。废弃卫星的白天相当于地球上五天多的时间，深渊最长也就是五分钟。尽管是在卫星的黑暗面，然而行星光线也不可能在无尽的黑暗中留下痕迹。夜间则不同，最长有将近一个小时，太空艇和里面的人们像剪断脐带的胎儿似的留在黑暗里。为了维持最低限度的生存而必须运转的动力包含照明，然而持续近一个小时的寂寞和黑暗并不是让人愉快的事。

刚开始还可以坚持。两人在辅助灯下回忆小时候停电的往事，讲恐怖故事，努力表现得很愉快。每隔一个小时升起降落的养老行星犹如大月亮般威风凛凛，废弃卫星则显得很凄凉。第三次到达深渊的时候，两人已经倒头大睡。

睡了五个小时，海利独自睁开眼睛，最后一次看养老行星落下的样子。本应自动亮起的辅助灯没有亮，最先注意到这点的人是美雅。深渊开始了，不知道过了多久。明明睁着眼睛，可是什么也看不到。美雅朝着记忆中有灯光的地方伸出手，摸索着操作可能是手动开关的按钮。没有什么变化。这时，美雅意识到身旁响起的呼吸声有点儿异常。

"……外婆？"

海利没有回答。她注视深渊多久了？美雅想哭，对着黑暗说道：

"外婆，我怕。"

这时，美雅感觉到海利皱巴巴的掌心碰到了自己的额头。

经过那只手、胳膊、肩膀和脖子，美雅终于碰到了海利的脸颊。明明什么都看不到，美雅却感觉"看见"自己的手移动着寻找外婆脸颊的样子。

"怕什么，有外婆呢。"

刹那间，美雅的脸上豁然开朗。微笑像哈欠似的传染，通过美雅的手传递过来。就像美雅因为短暂的放手而感到不安，海利忽然出现在面前的时候；就像美雅用软乎乎的小手拍打海利的后背，轻轻哼唱摇篮曲的时候。两人默默地笑了。

"外婆，看那边！"

窗外，恒星的光芒消失了，空荡荡的宇宙里充满了远处的星光。美雅猜不出此时此刻海利在哪个时间的记忆里穿梭，不过也无所谓。她只是预感到自己将会永远铭记这个瞬间。

到达养老行星之前，最后一次深渊区间的停电状态传达给了仿真人乘务员。现在要进行宇宙艇整体的精密检查。进入大气层之前，美雅最后看了一眼养老行星。震动变得剧烈。这时，海利说话了：

"我，想试试那个。"

海利感觉到了美雅的视线，转过头来，继续说道：

"可以吗？"

"为什么不可以，当然可以！"

这个瞬间，美雅也不知道自己为什么那么激动。因为外婆没有询问没有商量就做了决定而慌张？还是因为海利的不自信而气愤？抑或是因为自己一直相信外婆不会放弃包括自己在内的记忆而失望？她也不知道。美雅感觉到震动渐渐消失了，问道：

"没关系吗？"

"什么？"

"真的会消失。性格也可能发生变化，甚至你的记忆片段会进入人工智能的大脑，你会缺失很多……"

识字后的很长时间里，美雅还是缠着海利给自己读书。那时，她经常挑选的几本书里就有《糖果屋》，最喜欢的部分是汉赛尔和格莱特第一次找到家，第一次回家的场面。孩子们被抛弃在沉沉黑暗中啜泣，月亮在他们的头顶升起。一颗颗落地的鹅卵石在月光下闪闪发光，成为他们回家的路。那个瞬间，那些闪烁着白色光芒的小石头是那么鲜活，仿佛触手可及。美雅合上书躺在床上，海利抚摸着她圆润的额头，窃窃私语道：

"不要忘了，美雅快乐幸福的时光。以后当你累了，倦了，不记得回家的路了，这些回忆会告诉你回家的路。那里有妈妈，也有外婆，对不对？"

"闪烁的鹅卵石说不定会变成面包屑，真的没关系吗？"美雅想问。太空艇距离地面更近了。海利说：

"我还记得，你第一次给我读书的日子。外婆今天太累了，不能读书，你读给我听。你真的拿来书读给我听了。《糖果屋》，那天外婆真的被打动了，好开心。"

"有过吗？我只记得外婆读书给我听。"

美雅快要哭了。她补充道：

"那又怎样，鹅卵石消失了，说不定外婆回不了家。"

海利把头转向窗外，仿佛在找寻家的方向。

"以前，人们通过北极星或南十字星座辨别方向，或者画星座图。澳大利亚的原住民不是通过星星，而是通过星星之间的黑暗部分在天空中作画。"

"冷不丁地说什么……"

"黑暗也能成为星座，那些鹅卵石不一定要闪闪发光，即使看不见的黑石头也没关系，不是吗？就像我记得你给我读书的瞬间，我记不住的，你替我记住了。还有，现在我的家在这里。"

美雅的眉头之间突然感到酸楚。从小就是这样，总是眼睛和鼻子中间的部分最先感知到想哭的心情。

"说不定啊，即使看到鹅卵石也记不起那是路。问题不是少了几块鹅卵石。"

仿真人乘务员开始广播：

"祝贺各位顺利回归。现在到家了，大家好。"

听到"家"，海利的神情突然变亮了。美雅不得不承认，如今外婆的家在这里。海利生活在此时此地。但愿。美雅努力想象天空中像鹅卵石一样闪闪发光的星星。

又是早晨了。一夜的宇宙之旅给海利年迈的身体带来了深远的影响。直到两个月后，早晨睁开眼睛的时候，脱离大气层或重新进入大气层的震动感依然包裹着她的全身。新的一天在浅浅的呻吟中开始，这样的日子不知道还要持续多久。回头看时，海利这两个月的生活发生了很多变化。

经过一个多月的精密检测和适应度判定试验，海利终于开始了蓝色药丸的临床试验。早晨睁眼时的烦躁和每天数次来袭的恍惚感没有太大的变化。当然，她也不知道什么才算是变化。每天早晨担心会不会失去什么重要东西的焦躁也消失了。地球上的负责人每天都和照顾海利的仿真人直接联系，安慰每天都在担心试验结果的海利。这是理所当然的事，所有的数值都很好。当然，海利并不完全相信这些话。

两个月前，从废弃卫星旅行回来后，海利长时间的独居生活也结束了。隔壁的梅拉着行李箱踏进海利的家。梅说，海利正在逐渐恢复原来的样子，尽管速度很慢。梅当然不可能知道，也没有必要知道海利已经失去、正在失去、还将继续失去的过往。海利也一样不知道，两人为了共同拥有现在而决定一起生活。

海利和梅经营起了名为"海利的厨艺"的视频流媒体。海利每周都会在梅的相机前做一道家常菜。起先只是想单纯记录下来，留给美雅看，然而不断得到鼓励。既然花了功夫，那就做好。一个月之间，订阅人数从原来的 3 个涨到了 834 个，可谓大获成功。每周上传四个视频，最受欢迎的是"海利的水饺"，浏览量超过 1000 次，还在继续增长。

最初两人做的是早已不在家里制作的食物，不过养老行星居民的身份似乎引起了关注。随着上传视频越来越多，梅逐渐把食物拍得更加诱人。"韭菜咔咔咔剁成碎末，洋葱要轻轻地切，如果切得太碎会影响口感"，海利充满存在感的语气大受欢迎。

现在，每到傍晚和清晨，梅和海利都会坐在院子里，欣赏太阳和月亮穿过天球的场景。白天黑夜的开始和结束重合折叠，互相追逐。每天的祈祷都一样。希望心灵不要先于肉体死亡。

美雅：

我的小雅，你过得好吗？我很好。

我们上次的视频，浏览量突破了 1000 次。

美雅最喜欢的食物大受欢迎，真是太好了。

我的宝贝喜欢的食物，我要趁着还没忘记，把做法留下来。

有时我也很着急，生怕自己全部忘掉。

不过你不要失落。

你离开之后，我没有一天不在回想我们的旅行。

我们通过浓浓的黑暗，一起看到了月亮的背面。

你那边应该看不到我们这里吧。

不过没关系，我们在这里过得很好。

非常幸福，我甚至觉得怎么会这样幸福啊。

爱你

海利

看完海利的邮件，美雅抬头仰望天空。所以我来这里了，看得见外婆的地方。

从养老行星出差回来后，美雅将出差报告上的提议付诸实践，密切关注养老行星上进行的蓝色药丸试验，忙得不可开交。蓝色药丸删除的记忆经过工作存储器的重新加工，插入人工智能，也就不用担心发生记忆冲突了。随着蓝色药丸的普及，移居 B 区域的对象将会逐渐减少。虽然美雅有很多不满，不过也承认很多人都需要这项技术。获得休假奖励的时候，美雅理所当然地来到能够清楚观测养老行星的位置。那是辽阔而平坦的澳大利亚的红肚脐，乌鲁鲁的裙摆。

每天夜里仰望星空，上弦月不是满在右侧，而是左侧。"天空的鸵鸟"的位置越来越清晰。黑暗在闪烁的行星之间泛着幽光，就像澳大利亚土著信仰的鸵鸟飞越南部天空的样子。南十字星座最明亮的星星——养老行星的邻居，十字架二正在描绘鸵鸟的头部轮廓。美雅追逐着在光的波浪中变深的黑暗星云，回忆着海利和自己的黑色鹅卵石。海利在月亮背面捧起自己脸颊的皱巴巴的手，在纯度百分百的黑暗中"看见"彼此的手在动的魔法瞬间，美雅忍不住笑了。她笑着默默念诵：

月亮，月亮，什么月亮。像外婆一样漂亮的月亮。在哪里，在哪里升起。

无主地

朴文映　著

　　妍音从空中俯视着三个人。两个孩子注视着摇篮里的婴儿。狭窄的房间里阴森森的，窗边闪烁着无精打采的晨光。后颈感到阵阵的凉气。基正不见了。也许是哭得太久了，婴儿面露土色，摇篮前的孩子紧缩着发青的后背。快抱起来啊。拍拍婴儿的背和头，不是吗？妍音无法理解他们。应该快看看婴儿是不是尿了，是不是饿了，有没有发烧。为什么站着发呆呢？孩子是不是吞了什么不该吞的东西？手脚都在抽动。

　　"你怎么哭了，没事的。"

　　妍音正要走向婴儿，看到旁边的两个孩子便停下来。那两个人是年幼的自己和基正。个子很矮，肩膀也窄，不过毫无疑问就是他们。两个人泪流满面。看上去最多七岁。

　　"没事的，没事的。"

妍音的视线首先转向摇篮。婴儿伸出双手,好像等待已久了。妍音倒吸一口凉气。这是她和基正养育的第一个孩子,道荣。看到妍音,道荣停止哭泣,笑了。这时,道荣那米粒似的下牙瞬间变长了。颧骨和头发迅速生长。窗户好像出现了裂缝,紧接着落下了玻璃碎片。风雨和湿气包裹着皮肤。

即使生物学意义上的养育者缺席,依恋也可能持续,给予依恋感的人数也会增加。无主地就是修订这种条件的最初空间。

杂音逐渐加重。好像在哪儿听过这番话。

我们通过分离建造秩序。像,不像,熟悉,陌生,近,远。这种比较非常简单。也是看起来不可或缺的分类。可是,人类在划界限的过程中被不幸包围。更重要和不重要之间有什么差别?和我不一样就是坏的,就讨厌,这种感觉从什么时候开始?就是婴幼儿时期。不论是否想要,只要是与特定对象共享爱,比较就开始了。使用意识和无意识确定优势地位。善与恶,我的阵营和你的阵营,世界上的各种两分法成为悲剧的序幕。

很快，梦中的狭窄房间破碎了。妍音眉头紧皱。我们怎么能无视哭泣的孩子呢？妍音额头上的皱纹渐渐散去了。只是个杂乱的噩梦。妍音和基正没有童年，离开道荣已经很久了。

解除睡眠状态之后，妍音在太空舱前挣扎了很长时间才站起来。骨盆和脊椎刺痛不已。呕吐，擦拭全身，眼睛依然干涩。漆黑而宁静的宇宙，这句话太优雅了。面对实体，恨不得昏睡过去。从酷似阿尔法半人马座的环境到迥然相异的环境，都曾做过模拟，可是现在，她只觉得这种训练可笑而无力。反正是短暂的练习。她再次注视勘探船的圆窗。船体是小型，窗户也不是很宽。黑暗的地面上充满了奇异的褶皱，仿佛有几万条绳子垂下来。眯着眼睛看去，地面就像老人的皮肤。

妍音发现了太空舱里的基正。二十七分钟后，他也将解除睡眠状态。奇怪，妍音并不感觉开心。因为身体潮湿，还是因为神经变得衰弱？最大限度减少肌肉损伤的电极贴和药丸好像也没有用了。她有种不祥的预感。妍音站在镜子前。右后颈上的标识很显眼。犹如三片叶子重叠的印章。安心感和疲惫感同时袭来。

"越是想弄清楚道理，人会变得越善良。变得善良的人不可能再明白道理。我们不是替代品。一切都是替代品。存在即死亡。存在即延续。完美的伦理就是完美的孤立。"

妍音自言自语地念起了《开放纲领》的序言。纲领是无主地全权养育的克隆人从十四岁开始背诵的箴言。本来应该和同伴轮流朗读，每人一句，可是妍音想不受妨碍地调整身心。她缓缓活动四肢。现在，只要有条不紊地展开调查就行了。

妍音站在船内测试仪表前，捂住张大的嘴巴。她看见了不可思议的数字。到达阿尔法半人马座预计需要三年两个月，然而测试仪表上显示的是四年零一个月。按照这个数字来算，应该是紧急降落在了目的地之外的行星。

妍音检查燃料数值。好像很充足，又好像远远不够。她不确定能不能回去。储存的食物也一样。这颗行星不是目标地点，而是地球上观测不到的地方。为什么没有注意到脱离信号？从哪里开始偏离轨道的？我们为什么没死？问题接踵而来。看着按在面板上的手，手背很陌生。所有的操作方法好像全都忘记了。什么都识别不出来。只有人工智能的声音还是那么平静。只要听到一句，脑海里就能接出下一句。那是在地球上听了无数次的话：

无主地，顾名思义就是没有主人的平等的土地。我们在这里培养不涉及悲剧的新孩子。他们要把这个世界变成更美好的地方。既有体系无法完全保护孩子们，我们人类的痛苦根源是占有欲，准确地说是独占关系。依恋和共鸣，准确说来其实是有选择的依恋，有选择的共鸣。尤其是面对自己所爱的对象，我们一定会推开某个人。"我的"孩子，"我的"恋人，"我的"家人，"我的"国家，"我的"神，这种限定的相互作用缩小了我们的视野，阻碍了变化。

妍音转头往后看。基正还在沉睡。等他醒来发火的话，情况会变得更加复杂。还是像现在这样，基正在太空舱里熟睡更好。

"反应，安慰，预防。"

妍音穿着套装，自言自语。呼吸越是急促，越需要熟悉的话语，需要刻在身体里的话语。幸好养育守则很长。她戴上头盔之后，嘴巴还在不停翕动。反复念出的句子像保护服。

妍音来到外面，脚步沉重。她感觉到强烈的重力。气温好像很低。这里应该是比地球更大的岩质行星。远处像芦苇的灰色植物映入视野。后面是丘陵。隔着窗户看不到这边。她把手放在胸口。生态系统正在形成。不论经历了怎样的历史，这里和地球都有交集。鼻尖儿麻麻的。自从知道有地壳活动之后，她可以均匀呼吸了。

妍音看了看停在丘陵上的勘探船。一看就知道没有受过严重的损伤。船体表面有点儿疤痕，发动机周围沾了小小的铁末，仅此而已。比起意外坠落，这点儿损伤简直是奇迹了。行星上的土又松又软。妍音拂了拂勘探船的角落，低头看脚下。正是刚才看见的大地的褶皱。仔细一看，表面有重复的图案。固定方向的斜线，密密麻麻的花纹，好像有人一边说"不对，不对"，一边画出记号。表面看起来很平静，然而不知哪里透出阴森的气息。她摇了摇头。任意解读没有用。妍音站在勘探船的入口。需要两个人去寻找答案，而不是她孤身一人。

基正在咀嚼蛋白质曲奇。沾在嘴角的白色粉末也没甩掉。妍音想问他吃了几块曲奇，却没有问。如果基正知道紧急降落的事，也许会情绪激动。要和气，要充分包容。妍音露出温和却没有诚意的微笑。

基正心不在焉地听她说话。难道他已经知道了？不知道他是在忍着头痛，还是漠不关心。基正从椅子上站起来，挠了挠人中。

"也就是说完蛋了呗。信号断了，没有反应。"

他按了按面板，上面出现了"诊断中"的字样，然后消失了。随后，录音流了出来。

请打开门。人类应该被赋予更加多样的选择和混乱。我们还需要继续失败，继续彷徨。请先远离最珍爱的事物。请增加爱的对象。不要成为任何人的附属品。无主地的孩子、朋友、恋人，永远是复数。

"烦死了。"

基正毫无顾忌地吁了口气。他越来越敏感了。妍音咬住下唇。她也一样害怕。在这种情况下，看到基正像个小孩子，她觉得很是郁闷。妍音放下胳膊，说道：

"毕竟还不算最恶劣的状况。我们看到了芦苇丛和山丘，不是吗？这里比地球更大，有生态系统。水、氧气、气候、磁场、自转轴，如果我们继续探索生存条件……"

"连装备都不带，一个人擅自出去，也不知道你看见了什么。说不定这里只适合极端的生物生存。这种岩质行星很多。我们必须按时到达，才能发送求救信号。陪着你推测有什么用！"

粗心大意、攻击性、冷嘲热讽，妍音很想批评他的态度，还想质问他这段时间都学会了什么。他们参与项目是出于自愿，也同意了全部条件。彻底完成四年养育任务的人是基正，中途不得不和道荣分开的人是妍音。需要更多平静的人是他，然而基正总是有很多不满。现在是这样，模拟星系探索的时候是这样，养育孩子的时候也是这样。

"阿尔法半人马座因为放射能和紫外线，也许很难继续生存了。那是所有东西都经过消毒的地方。或许来这里才是更好的选择。发现了新行星，我们一起记录……"

"什么行星不行星的，我的身体好像都要碎了。你看看，双星为什么在遥远的西边。倔强也要有个限度啊。新发现的？你了解条件吗？因为没人知道这个地方，我们就要为此激动吗？"

"不要这样挖苦我。谁都没料到会是这样嘛。"

"不，这点应该已经预料到了。为什么最开始不用安卓，而是把我们派到这里。因为你、我都是克隆人。"

这话简单而又显而易见。妍音闭上眼睛，仿佛睁开眼睛就会讨厌他。妍音低声回答：

"我们生活在地球上最进步的区域。毕竟还可以碰触到我们的孩子，可以贴脸，可以抚摸孩子的手脚。"

"所以我们应该感恩，是吗？你我就算能活，还能活几年？你醒醒吧，我们的孩子、房子都被夺走了。我们的寿命也被消耗在宇宙的各个地方。"

舱内变得寂静。基正盯着勘探船的天花板。那是向导音量最大的地方。

　　人类发明的各项制度当中，一夫一妻制是最疏松、最糟糕的临时关系网。从占有欲中凸显出来的不幸的婚外情，以及我们遭遇的暴力，相当部分都来源于以这种方式制造出的恐惧。想一想亲子鉴定的程序吧。这个过程为什么残忍？必须是我的孩子。传宗接代的孩子必须拥有我的基因。为什么一定要这样呢？我们想问，为什么你的基因必须留在世界上？它具备什么独特而优秀的特征吗？人类本身是具有特别尊严的物种吗？配偶为什么不能和你之外的对象缔结终生的关系？

　　无主地内的全部人际关系都有多个层次。边界处没有帘幕。他们的身心里流淌着没有阶级的友爱。通过婚姻制度的终止，获得关系的全面解放。无主地向往的共同体形象并非完全不可能的想象，却是从未大规模实践的横向社会模式。这里只有一件事遭到禁止，那就是独占关系。居住条件很简单。①不养育自己的孩子。②照顾别人的孩子。③养育时间是四年。无主地的第一代成员认为，有必要从开始就大力协调好前提条件，因为世界上所有自然的最底部都有着极端的不自然。

部分人类摆脱了喜欢附加意义和践踏爱的习惯，他们就住在那里。他们从封闭关系跨越到了开放关系，被视为最大美德的价值就是尊重和平衡感。在他们看来，无主地之外一夫一妻制下的夫妻都重复着同样的争吵，令人遗憾。在开放关系广泛流传的社会，新的共同体无主地也犯过大大小小的错误，却还是不断追求和平。

几年过去了，他们稍微修改了居住条件。针对第二条，照顾别人的孩子，他们做出了更为广阔的解读和修改。一个谁来照顾人家的孩子都无妨的地方，照顾孩子的有必要一定是人类吗？编辑利用那些在养育方面有着卓越能力的人的基因，岂不是更好？没过多久，在无主地养育孩子的工作就由克隆人负责了。复制的身体、肺和心脏经常出现问题，寿命也短，然而四年的养育还是没有问题。克隆人特有的过早老化也不会成为绊脚石。有的克隆人在这个过程中更换搭档，或者没有搭档地独自养育孩子。但是，只要一个规则瓦解，另外的规则也就不可能坚不可摧。无主地的成员更深地体会到人类既不比其他物种更特别，也不尊贵。现在连第二代、第三代成员也都清楚生产克隆人的原因了。寿命不确定，起伏严重的人类总是搞破坏。无法修复的事例比比皆是。克隆人负责养育更合适。

没过多久，无主地就成了独占关系不合法，而且人类养育人类都不合法的区域。共同体比以前更大了，负责养育的克隆人也被大量培养出来。克隆人以十四岁的身体醒来，并在巨蛋之中经历长达六年的社会化过程。除了无意识状态下在太空舱接收的信息，还有许多需要熟悉的东西。离开巨蛋之前，他们接受多角度的深化教育。真正开始养育的时间是二十岁，右后颈刻上印章，左后颈植入预防犯罪的芯片。不论性别，两人一组，这两个人可以结成多边关系，却不能生下只属于他们的孩子。无主地外围不受污染的土壤上修建了纪念馆、冥想室和铜像，纪念专门负责养育的克隆人。居民们在赞叹克隆人的时候，也许会忘记他们负责的事情。

"现在除了地球，其他地方是否也能延续我们的生活方式呢？克隆人在探索行星。他们正走向真正的无主地。"

基正弯下腰，模仿无主地元老的话。妍音并不觉得他的冷嘲热讽很有趣。基正稚气的表情、憔悴的脸色、弯曲的后背，一切都让妍音感到不适。她不想继续争吵。如果继续和他留在船内的话，恐怕他会打碎随手碰到的东西。面板上的"诊断中"三个字变成了"还原中"。预计需要五十六分钟。下面是这样一行字。头脑冷静下来，也许会找到其他的方法。

"穿衣服，一起出去看看。"

"船长，我们终于要去真正的无主地了吗？"

妍音呆呆地注视着基正。基正拿出制服。他们带上样品采集工具包和记录装备，在入口前想象着自己即将前往的无主地。我们是不是被抛弃在偏僻的地方了？这种想法幼稚而茫然，却也不是完全错误的猜测。前往宇宙的人接受过丰富而系统的教育和训练，然而他们走过的路却很狭窄，很拙劣。妍音和基正默默地走到勘探船外。

"就是那边。"

两个人有气无力地走向看起来像芦苇的草堆。走近才发现，草的形状相当尖锐。黑黝黝的茎看着像钢筋，阴郁而沉默。妍音开口说道：

"和针叶树差不多。"

"不，我第一次看到这种形状。"

基正觉得它们的秩序很陌生。在地球上，即使看到干枯的植物也能瞬间恢复平静，然而这个植物群落却不是这样。基正缩着肩膀。他伸手去抓这些像长针的植物，手套好像被划破了。地球上也有针叶植物。它们为了应对危险制造出防御用的化学成分——植物杀菌素。这是可以杀人的物质。基正很惊讶，自己竟然会喜欢那种气味，竟然觉得那是清爽的香味。一堆劲草中夹杂着几株看似很柔软的草。基正摘了下来。他觉得自己只是轻轻一提，结果连根拔了出来。

"连根拔起了，这怎么行？"

妍音抓住基正的胳膊，闭上眼睛又睁开，反复好几次。茎上的细毛蜷缩起来，好像被火烧了似的。是错觉吗？还是因为神经过度敏感？基正犹豫片刻，大声说道：

"这草好像能感觉到痛苦？是不是需要分析一下？反正植物没有智力。"

妍音忍着没有回答。彻底的冷漠，或许这也是沉睡在基正设计图里的属性吧。他的原型是出生于 2347 年的无主地第二代成员徐基正，比起集团标准来共情能力更强，还是受人尊敬的儿童心理学家。妍音摇了摇头。她不想过于计较基正的个性。徐基正和基正可能有所不同，这种可能性并不会带给她太多的安慰。尊重差异，禁止区别对待。偶尔会感觉在无主地学到的东西是那么虚无，这点她没有告诉基正。基正不再关心草，独自走在前面。妍音看了看他的背影，跟了上去。反正没有智力，反正是整体中的要素，反正拆开了也无所谓。

妍音一直认为，植物的生态系统接近于数学或占星术的世界。一切都按照规定的秩序，按照设计完成的程序，毫无偏差、毫不彷徨地成长。认可趋势，任其生长的样子甚至有点儿谦卑。不过仔细想想，这是错误的判断。妍音想起通过视频看到的地球植物。只要温度合适，即使不在生长期也能生长的杜鹃花，整个冬天都在编织层层铠甲的橡子，因为赤身抵抗严寒而闻名的紫珠，只有这些。长出花芽和叶芽之后，仅凭储存的能量尽可能安静活动的冬季树木，为了躲避鸟类而生成黏稠鞣酸的草。

基正扔在工具箱里的植物也有很强的生命力。朝着光的方向伸展，呼吸空气，竟然说它们感觉不到痛苦，说它们没有智力。植物看似顺应环境，其实每时每刻都在努力克服命运。它们建立起了全面颠覆既有条件的最合适的战略。凡是有生命周期的存在都会竭尽全力地活着。其他事情都可疑，唯有这点最真实。

妍音记得地球上的树木。细长的身体，全部都斜着生长。准确地说，树木不是在生长，仿佛在忍耐什么。叶脉鼓起像气泡破裂的盐肤木，被白蘑菇和霉斑覆盖的葛草，树皮的唇形气孔全部被堵住的樱花树，还有自己抚摸过树桩的手。奇怪的是每次把手放在鼻尖，都会发出死鹅的气味。妍音没有停下脚步，同时心想，那么凄惨的场景也是风景吗？转过身去就结束了吗？人们说这还算好的，无主地外面的情况更严重。妍音不想听生动描述无主地外面的语言，然而从早到晚都无法摆脱这样的声音。

　　想象一下在无主地外面流浪的孩子们。有的地方很温暖，有的地方只有冰冷。但是，这里的孩子们可以见到永远不变的爱的多面孔。

路途茫茫。大地上的石堆开始增多了。不知不觉间，走在前面的基正放慢了脚步。

　　我们放弃了育儿的快乐。孩子们拥有比我们更透明的大脑，应该交给有奶、有血、有骨头的克隆人养育。他们犯错少，能够一以贯之地进行专业养育。宇宙也应该由克隆人去探索，那样更合适。既然和我们的身体一模一样，那么他们也可以从事寻找新行星的伟大事业。

基正揉着刺痛的脚腕，感觉有些迟钝。无主地转嫁给他们的孤独和绝望更让他感到沉重。居民们总是拿人类和克隆人的相同和不同做比较。这就像所有的革命，最初聚集起来的意志纯洁而炽热。问题总有答案。受损的部分也可以恢复。只要能够承受重置带来的副作用，只要能够召集起信任无主地草图的人。

　　那些憧憬无主地的人，认为偏爱的害处由来已久。几个研究大脑机能和作用的人大胆发展了这个令人不快的想法。大脑在独占关系中分泌催产素和血清素。尽管这种荷尔蒙能够形成与对方的关联感，同时也会筑起面向外部世界的屏蔽膜。这个膜看似柔软，却比想象中过滤掉了更多的对象。错误由此产生。对于无主地成员来说，所谓爱和理解是人类为了与其他存在共生而首先要抛弃的观念。面对爱和理解，总有修辞被隐藏。形容词限定就是这个意思。他们假设，孩子和监护人之间强烈的眷恋造成的危害超过了美德。长期看着人脸长大的孩子会失去很多东西，比如对差异的感觉。原以为孩子们能完全区分比格犬的脸孔，却因为和监护人之间的纽带关系而错过了比格犬之间的差异。他们的敏感度降低了。

　　"不都一样吗？都是大耳朵，很活泼的狗。"

　　孩子们出生一年后，把比格犬认作一个种类或一团东西。与此同时，他们喜欢酷似监护人面孔的形象。监护人的肤色、语言、表情都会成为标准。"喜欢"这种感情并不单纯，也不透明。人类对熟悉的对象产生爱恋，只在这个领域之中保持情绪稳定。差别对待并不是什么大的恶意，只是发育过程中产生的有效感觉罢了。将熟悉的和陌生的分类储存到大脑，这是人类生存必不可少的工作。省略、强调、分化，人要将世界抽象化。不长树枝的树显得疯狂，同样的道理，人类大脑里必须具备各种收纳箱和抽屉，否则无法生存。积极的分离意味着安全。无主地初创期的成员们都很清楚这个事实。他们并不否认内啡肽、多巴胺、催产素、血清素、褪黑激素本身，只是希望在多样环境中获取这些激素，而不是通过单一的环境。开放的关系自然而然地附着于他们创建的逻辑，不过可以预料，人们对此做出的批判将会格外猛烈。事实也是如此。成员们并没有因为这种反应而退缩，因为他们有模拟养育实验的结果。作为压力指数，皮质醇的数值明显下降，连他们都觉得惊讶。减轻分娩疼痛的技术也接近常用化。

　　数据一经公开，就开始有人移居无主地了，很多认同这种再生产结构的女性率先移居。以前那种根据监护人资格挑选的尝试非但不可能，而且极为困难。渴望新社会的人们移居到无主地更为简单。行动基因学家、发育心理学家，以及小规模科学家和研究院成为主流，更多的人加入到无主地。不适应无主地生活的人随时可以离开。但是，绝对禁止返回寻找在无主地长大的孩子。这种手段只能在以生存为主的无主地之外可行。共享这种规则的人越来越多。无主地扩张为广阔的同心圆。

　　一代结束之前，很多居民对孩子们感到陌生。看着和克隆人一起散步的孩子，他们感到惊讶。有人看到孩子哭泣而晕倒。在他们看来，孩子们，正在成长中的人还不算是人，不是市民，也不是无主地的成员。

基正知道踏在行星表面的感觉为什么如此亲切。漆黑、浓密、阴冷。和无主地一样，这里也不平坦。他停下脚步。废水终究会沿着下水管流向某个地方。后颈上刻着印章的他们所在的地方，不论哪里，都是尽头。

妍音艰难地走向站着不动的基正。脚下的石头越来越小。踩到小石头会摔倒。

"我们回去吧？"

基正踢起一块小石头，石头没有飞出很远。他回答说：

"还没走多远呢。"

"我做了个噩梦，梦见道荣哭得很凶。"

妍音没有说，她还梦见道荣长得像鬼呢。她能说的只有这句：

"想他，太想太想。"

"我和他一起生活了四年，你的时间只有我的一半。"

基正继续往前走。妍音不想立刻回答。"难道我就没想过抢走道荣吗？我养他都没有养满四年。"可是，如果说这些的话，那就要批判无主地，为自己来这里而发出深深的感慨。

　　她犹豫不决的时候，基正朝着山坡下面走去了。走上斜坡，妍音的眼前也展现出一片平原。基正注视着某个点。那是一片小小的沼泽地。气泡不规则地溅起，好像两栖类动物的眼球。咕嘟嘟的沼泽后面又是一片野生植物群落。他们发现灌木丛附近聚集了成群的虫子，外形像蜘蛛。一只轻盈的幼虫从基正的头盔上滑落。妍音和基正都不经意地露出了微笑。嘴角的笑意淡去，两人垂下了头，分别注视自己的脚尖。

　　基正弹了弹没有虫子的空巢上的黄丝。它们建巢的效率惊人。既有黏稠的丝线，也有不黏的丝线。弹力各不相同。巢由三条线组成，是一个系统的空间。中间黏稠的丝线发挥黏附猎物的核心功能，两侧的光滑丝线大概起到辅助作用。妍音拉住基正的胳膊。她指着一只虫子。虫子没有牙齿，没有翅膀，通过腹部的毒液麻痹猎物，然后吸入、吞噬。只留下坚硬的外壳，正在吸里面的体液。猎食完毕的虫子把空壳扔向辅助丝线。等待猎物的虫子死了般纹丝不动。他们不知道行星上的虫子会以怎样的姿势，度过什么样的时间。这样不经意地看一眼似乎不够，然而仔细观察也不一定能了解它们的生态。基正看着虫子，说道：

　　“我不想带这个。”

　　“好，把死的放进去吧。”

走到平原尽头，眼前出现了光滑的石头。每个石头缝里都有果实。果肉都被吃光了。一道光闪过他们面前。妍音和基正四目相对。

"是水。"

低伏在河边的植物看着很柔软。叶子紧贴地面。厚厚的叶子上闪烁着奇异的光芒。看起来很像角质层，这是为了防止水分流失。妍音指着叶子说：

"为了公平地接受阳光，它们以坐垫的形状互相交错生长。它们低伏在地，平等地生活，这样才不至于出现谁得到的光更多，谁得到的光更少的现象。莲座植物懂得采用这种战略。这也是繁殖能力很强的植物。哦，这个。"

妍音把脸贴在叶子上。

"你也看看吧，很像我们的印章。叶子很像。"

"哪儿像了？"

基正摘下叶子，用力往手套上甩种子。妍音来不及阻止。瞬间，叶子好像包围了基正的脚背。妍音不停地眨着眼睛。圆溜溜的坚韧树枝戳到了基正的腿。基正忙着甩掉种子。小小的黑种子像铁末似的撒落在手套上面。那是结实的三角锥形。

"你先别动。"

看着沾在基正胳膊和肩上的种子，妍音说道。她用放大镜看了看，不由得张大了嘴巴。种子是顽固地附着在上面的刺。刺分八股，犹如童话里小人国的人们制造的窗棂。每条窗棂上都有小而密的刺反方向冒出。它们表现出强烈的意志，一旦沾上绝不会掉下来。仔细一看，那都是很细的刺。种子、鳞片、躯干的表面全都是小刺。

两个人坐下，开始摘种子。基正神经质地挥舞着胳膊。不知道什么缘故，顽固地沾在上面的种子好像在渐渐膨胀。

"这是怎么回事，怎么这么多？"

基正指着自己的腿。刚才被树枝刮到的部位，密密麻麻地沾满了种子。小腿、屁股、肋骨，基正的宇航服上破了个小洞。他大喊起来：

"怎么办呢，我会不会死啊？"

"你在说什么？别摸了，起来吧。"

"我就知道会这样。"

"我们回勘探船吧。稍微走会儿就行了。看到了吧？"

妍音连忙收回手指。手指的方向，勘探船太小了。基正没能站起身来。眼睛和鼻子都红了。妍音坐到他身旁。他吓坏了，妍音不能强行扶他起来。基正的手瑟瑟发抖，他问：

"我们能回去吗？"

"当然了，重新启动。如果不行，就在太空舱里睡觉。会有人来找我们的。"

"我们可以回地球吗？探测结束回去的话，真的可以一辈子……抚养道荣吗？只允许我们这样，你相信吗？"

"因为相信，所以才来。尽管是非法的，可我们毕竟受了这么多苦。"

"我想闻他额头的味道。眉毛、指甲、脚趾，全都想摸一摸。"

妍音把手搭上他的肩头，脑海里浮现出难以忘记的场面。

"你还记得因为超时而被警告的事吗？让你不要再抚摸道荣，让你放手，你却假装听不见。"

"没听见，怎么放手。应该放手的是他们。"

"我们不在的时候，人们更随便抚摸孩子们吧？乱七八糟，优柔寡断。"

妍音仔细观察基正的脸。他的表情渐渐放松。很快就可以扶着他回去了。基正批判无主地的时候，这样随声附和比较好。即使不同意，即使想要反驳，也只能这样。妍音挽起他的胳膊。突然，基正提高了嗓门儿。

"什么开放关系，什么共同体，真是可笑。明明受不了。"

妍音慢慢地收回胳膊，抱住自己的膝盖。

　　在无主地，人的气质可能发生改变。封闭世界是以前的存在方式。开放不是混沌，而是爱。爱会变得更广阔，更深厚。

妍音不想看眼前的基正。她想见道荣，想见无主地的人们。亲切而善良的他们一定在那里。基正瞪着妍音，说道：

"人们会停止比较吗？一切都开放？框架总是存在的。变化？只会改变自己不喜欢的对象。"

妍音条件反射般回答道：

"也是有可能的，因为人很虚弱。"

"虚弱？看看这句话背后的行径吧。你知道虚弱的人有多么强大的力量吗？"

"也许人们会把我们安排到更恶劣的地方，就像无主地之外。"

"你觉得这算庆幸吗？"

"我们做的事情是养育孩子，不是别的。"

"看看来到这里的我们吧。无主地本来就是个残忍的地方。喜欢革命。一切都是低劣而令人心烦的胡思乱想。"

"很新，很美，最开始的时候。"

"无主地不是自己出现的，而是制造出来的地方。你知道这意味着什么吗？没有做过很长时间的尝试，你知道这是什么意思吗？因为不可以，因为不能这样做，所以谁都没有做过。"

两个人静静地坐着。基正盯着狭窄的河看了会儿，说道：

"这种话不可笑吗？看情况，等着看吧，开放吧……我想听听所有的可能性。没有必要选择。因为我只喜欢你。"

妍音摇了摇头。这里不需要这句话。

"等回到地球，我们还会喜欢上其他人。到时候你就不会说我只喜欢你，而是说，我也喜欢你。"

"为什么一定要这样！"

基正喊道。妍音揪起裤腿。两只被宇航服覆盖的脚腕狼狈得令人难以置信。

他的喊声没有停止。妍音睁开紧闭的双眼。脚下的地在摇晃。土堆接二连三地向上耸起。妍音保持着坐姿后退。还不如遭遇长着九只眼睛的节肢动物、浑身都是黏液的怪物，或者庞大的昆虫。行星快速制造破洞。还没等基正起身，就被吸进里面了。不一会儿，黑洞吐出基正的宇航服。采集工具箱和放大镜彻底粉碎了，露出了浅浅地扎在颠覆的土地周围的根。坚韧而柔软的组织在不停蠕动，仿佛有了意志。

妍音奋不顾身地沿着来时的路奔跑。脚腕疼得仿佛要断裂。鼻子堵了，呼吸都困难。顾不上擦眼泪，顾不上挠脸颊。

不一会儿，她看见了勘探船。调整呼吸。这才注意到拿在手里的记录设备。尽管没有用，然而现在连扔掉的力气都没有了。走到勘探船前，妍音的呼吸再次变得急促。这里的脚下同样遍布小洞。勘探船表面已经腐烂变黑。看起来像铁末的痕迹成群结队地移动。那是虫子。她用石头小心翼翼地按压虫子覆盖的位置。船体的铜板被压碎了，好像浸泡过水的木板。勘探船的缝隙里轻轻传出人工智能的声音。

> 牢固的关系并不存在。监护人和被监护人终生厮守的情况很罕见。孩子也需要与监护人之外的对象度过特定的稳定期。有人说每四年更换一次监护人，孩子可能出现分裂性格。但是，只由一两个人持续养育的行为更危险。我们认为，对于婴幼儿的成长来说，温度和触觉的持久性是比面孔的持久性更为重要的因素。

妍音立刻朝相反方向跑去。勘探船边缘开始出现巨大的坑洞。喉咙哑了，甚至发不出尖叫。向右倾斜的勘探船无力地落向地表。妍音跪在地上，注视着这个场面。裤子里的尿液沿着大腿流淌。她什么都想不起来了。

妍音看了看手里的记录设备。她的原型具有的韧性和执念在自己身上都变成了固执。像往常一样，她总是想着倔强到底。她不想看正面。她要回去。可以回去的。她开始写准备发往地球的勘探记录。

> 位于阿尔法半人马座之外的系外行星，比地球大，重力更强。有湿气，有磁场。我们发现了草堆、山丘、平原、沼泽、峡谷、河流，看到了种子和昆虫。行星生物具备特有的理性和适应能力。这里是我们可以生活的世界。但是表面，看似生长点的地方，如果感觉到危险……就通过挖洞的方式处理危机物质。

她删除了所有的记录。都是些没用的文字。传不出去，也没有传达的意义。真实的想法又不能写下来。恐惧。黑色。黑色。灰色。微微的淡绿。混杂了紫色的青绿。不知道。不想知道。被抛弃。孤身一人。见不到基正和道荣。

妍音看了看挂在宇航服左臂环的玩具。那是道荣喜欢的绿色士兵玩偶。也许是跑的时候掉落了，玩偶的身体消失了，只剩下了头部。妍音举起剩余的碎片。并不起眼的头既像基正，又像自己的思绪。她抚摸着玩偶的头，想起睡觉前低声讲给道荣的童话。道荣听不懂也没关系，因为那是他想听的故事。

"有一个铁丝做的妈妈和一个破布做的妈妈。两个人都不是猴子的真妈妈①。铁丝妈妈挂着牛奶瓶，破布妈妈什么都没挂。小猴子会去哪里呢？人们认为，小猴子会去找带着牛奶瓶的妈妈。不，不是这样的。小猴子贴在破布妈妈的身边。柔软的触感比食物更重要。人们这才知道，人最需要的不是真正的妈妈，也不是营养。"

她把设备放在地上。如果说有什么记录想要发送到地球，也就只有这句话了。不要找，不要来，我们在哪颗行星上都没有资格生活。

妍音躺在地上，极力蜷缩起身体。她喜欢无主地人们最初的疑问。那些比《开放纲领》《养育守则》更常念叨的话语。只能在所知范围内做梦的人是人吗？只爱和自己相似的存在美丽吗？妍音喜欢静静地回味这些问题的时光。

无主地强调的是超越本能的价值，但是界限清晰。纷争最后留下的只有话语，从某个瞬间开始连话语也消失了。伪善、纯真、不合理、低效、不合适、为时尚早、站着说话不腰疼、毫无根据的乐观。很多话语排除了人类不能直接看到的精神。我不能回答说地球变成恶劣行星是因为气候变化。这就像说某

---

① 此处讲的是经典教育实验"哈洛的猴子"（Harlow's Monkey）。——编者注

个人的死亡原因是心跳停止跳动。问题应该变成在地球变成恶劣行星之前，什么人，过着怎样的生活，为什么要过那样的生活？

基正说得对。无主地就是残忍的地方。独自留在这里，这个事实告诉她，自己太幼稚了。妍音倒在地上。身体完全贴在随时可能消失的地表。喘不过气来。骶骨火辣辣地痛。她还是重新把手放了下去。种子也好，虫子也好，没有必要甩掉了。妍音像刚出生似的哭泣。她不知道该怎样面对哭泣之后的时间。她摘下头盔，使劲闭上眼睛。既然这里没有温度和触感，那么自己被删除也无所谓了。消失在洞里也无妨。

"别哭了，没事的。"

妍音转头看向后面。视野模糊了。是做梦吗？她揉着眼皮，揉了很久。穿透地表出来的藤蔓上有人在说话。那是赤身裸体的基正。羽毛般的叶子温柔地包裹着他的身体。三片叶子很像刻在他们右后颈的印章。

一根细长的茎把什么东西塞进妍音和基正的口中。那是乳白色的水滴状小果实。他们吃了下去。干涸的嘴巴立刻变得湿润。果实的汁液散发出甜美的香气。叶子慢慢地拂过他们的后背。不一会儿，他们同时打起了嗝。绳索般缠绕的茎卷起他们的腋窝。脚下感觉到轻微的震动。困意来袭。茎钻进妍音和基正的身体。他们的脖子变得无力。四肢很快就垂了下去。

摇篮行星

朴海蔚　著

　　秀贤驾驶返回舱抵达摇篮行星。李真离开地球三十年了。通过前窗可以看见地平线分开了天空和荒地。感觉像是到了地球。正想慢慢欣赏眼前的风光，突然间，提示正在分析外部环境的新消息框和加载条挡住了视野。他静静地等待。不一会儿，新的红字消息浮现出来。

呼吸时不适合制造大气，请佩戴头盔。

　　舱口旁的隔板打开，秀贤从座位上站起来，戴上头盔，把连接软管的过滤器装在腰间。如果摇篮项目进展顺利，现在应该无须利用头盔呼吸了。徐徐开启的舱门口吹来了凉风。

　　秀贤启动带来的自行车。头盔自动感知大气的形成，开始帮助呼吸。他闭上眼睛，深吸一口气，说出了心里反复默念无数遍的话。"韩音社，不，人类放弃了摇篮项目。地球化结束了，妈妈。"

宁静，天空中万里无云。着陆场很小，跑道表面粗糙。一眼就能看出很多地方都没有整修。生长在表面裂缝里的土著植物非常茂盛，黑油油的。

秀贤迎风走着下坡路，走向李真所在的总部大楼。透过指甲般的建筑物，可以看见黑草覆盖的田野。风吹散草叶，不时升起一道古铜色的光。淡绿色的罗恩在漆黑的草丛中勇敢地活下来，叶子轻轻荡漾，形成了奇妙的搭配。在那片草丛间是为移民生活而建造的几座圆顶建筑和连接隧道。圆顶建筑旁边是起重机形状的巨大的 3D 打印机，锋利的尖部伸向天空，静静矗立。地平线的那边耸立着小山。

疯长的黑草丛中，停放着锈迹斑驳的古铜色"净化车辆"。这与韩音社的预测报告书和秀贤预想的行星面貌相差甚远。他加快脚步，走向李真住过的总部。

总部的窗框上面落满了黑漆漆的污垢。房间里冷冷清清，仿佛从未使用过，家具和器具都放在原地。私人房间的床、浴室、桌子、挂着几套工作服的衣柜也是如此。只有从窗户照射进来的光在走廊地面刻下耀眼的正方形。

地下仓库一片漆黑。秀贤在墙上摸索着按下开关，吸顶灯亮了。里面传来排风扇转动的声音，荡起回声。安装在一侧墙壁的大屏幕亮起，发出信息。

地球化 40%／未达到目标量，请继续努力

随后出现了整个行星的地图。大洋上面是一片大陆，仿佛行驶在海面的大船。秀贤一边触摸控制盘上的全息图，一边查看，眼睛突然盯住某个点。他看见净化车辆的状态和动向。许多黑点散落在地。只有一个点是绿色。

他看看有没有其他的数据，却发现一份遗留的文件。作者是李真。文章内容如下：

○

会有人读到这篇文章吗？会有人想知道我怎么样了吗？应该不会有人到这里来翻看数据，读到这篇文章吧。我不抱希望。尽管如此，我还是记录下来。这是我在这里的第一份，也

是最后的记录。

生活在地球上的时候，我经常看到有关移民行星的新闻。未被污染的行星在等待地球人，人类凭借与生俱来的开拓精神在宇宙里航行，创造希望。

还记得签完合同走出公司的时候，我看见团团包围着整栋楼宇的条幅。开拓者们穿着韩音社的工作服，眼睛炯炯有神地仰望天空，面带微笑。

我出生在已经从地图上消失的东方小国的海滨村庄，位置偏远。我们村的前海捕到了很多明太鱼。不知从什么时候开始，明太鱼突然消失了，取而代之的是鱿鱼，最后渔网里什么鱼都没有了。再后来，海水淹没村庄。人们失去家乡，沦为难民。

妈妈放弃了毕生从事的渔民职业，患上了不知道叫什么名字的疾病，身体变得衰弱。我们也不能一直守在村里。父母、我和妹妹决定乘船去往愿意接纳我们的城市。那是一艘又破又旧的船，随时都有沉没的危险。爸爸提醒我和妹妹，不论发生什么事情，都不要下船。

规定的日子到了。中间人收了钱，让我们一家上船。船上的汗味里夹杂着恐惧。一切都陷入了沉默。当边防队追赶我们的时候，乘客们摇摆不定地说："船轻了才容易逃跑。"他们从沉重的包袱开始，一件件扔到海里。情况没有好转，最后连必要的小行李都扔掉了。这时，一名乘客抢走爸爸怀里的包，扔到船外。那个包里有妈妈要按时吃的药和唯一的家庭相册。看着包岌岌可危地漂浮在漆黑的大海里，爸爸望着我，尽可能温柔地对我说："我马上去追，听懂了吗？"他连责怪和生气的时间都没有了。

我看见他的时候，他已经纵身跳进黑暗的大海。胳膊和包在水面摇摆，时隐时现，反反复复，最后什么都看不见了。妹妹大声叫喊，我捂住她的嘴巴。妈妈想要跳下去救爸爸，也被制止了。妈妈请求别人帮忙，最后晕倒在地。扔包的人抱着头，说没想到他会跳下去。

乘客们不愿触碰我的目光。没有人安慰我，也没有人哭泣。我注视着爸爸消失后的水面，反复念叨着"不论发生什么事情，都不要下船"，同时观察着妈妈。

据说我们到达的海边是那个国家不错的疗养地，不过我只记住了妹妹柔软小手的触感和妈妈竭尽全力保持意识的不安的喘息，沾满胳膊和腿的美丽沙子和白色贝壳，以及在嘴边爬来爬去的苍蝇。

看似永远的营地生活也很短暂。妈妈到达营地不久就咽气了，我和妹妹在寒冷和炎热中长了半拃高。

结束营地生活，我们好不容易移居到了城市。我只有十几岁，努力学习该学的东西。不过，直到现在我还不熟悉那个城市的语言。使用那个城市的语言对话，思考还是用已经消失的村庄的语言。结结巴巴，翻译成我知道的城市语言的词汇，艰难地表达自己的意思，仅此而已。

因此，我很难选择以说话为主的职业，唯一合适的工作就是垃圾车司机。工资刚好能够糊口。这期间我得知自己肚子里有了孩子。身边的人们纷纷劝阻，可我还是把孩子生了下来。养育一个生命很辛苦，可是多了个重要的人陪在身边，我又很开心。就这样，我们三个成了一家人。

我不是毕业于什么名牌学校，然而经常有人夸我踏实、聪明。偶尔，我也从图书馆里借书看。

虽然很忙，但我还是抽时间考取了车辆维护资格证。我想多做几份工作。没等我去大厅，职业介绍所的社长就联系我说，有份工作挺适合我。我有驾驶垃圾车的经验，又有车辆维护资格证。如果参与摇篮项目，一定可以赚很多钱。我毫不犹豫地去参加了面试。

韩音社的面试官说："你需要管理一万辆由垃圾车改造而成的自动驾驶净化车，以地球时间为准，时间是三十年。你的工作是检查这些车辆，出现故障车就负责修理。当然这不是全部，你还要驾驶配发给你的净化车辆工作。行星移民使用的生活馆正在建造，那里的建筑废弃物也需要清理。劣质安瓿也要扔到填埋场。我们也知道这不是一件容易的事。你已经在垃圾处理场那边做了嗅觉减退手术，那么我们将免费为你进行减轻抑郁和观测活力征兆的植入手术。很好。你很年轻，身体也健康。

"一个人工作的时间是五年多。只要坚持过了这段时间，第三期计划就开始了，地球动物的胚胎和同伴们就会到达。第一期计划已经开始。制造机器、建筑物和净化车辆的 3D 打印机已经提前运送过去，正在运行。第二期计划你可以自己去行星上正式监控净化车辆的活动。第三期计划正在准备。"

我点了点头。"我也有件事拜托您。以后，等行星地球化结束，请给我的妹妹和我的孩子移居权。"面试官爽快地同意在合同中加上这条。

我看到了陌生恒星制造的晚霞。气温很低，头盔很闷。一切都不自然。背包很重，难得在空旷的地方晒太阳，湿漉漉的心似乎在慢慢干燥。

从地平线向这边蔓延的长影子缓慢移动。净化车辆的队伍看上去像一条集中线。

我回头去看另一边的原野。已经长成一排的罗恩荡漾着淡绿色的波纹。生命在风中摇摆的瞬间，美得惊心动魄。这里就像约定的地方。离开地球之后，人类要在这样的地方生活。摇篮行星，让人无法怀疑。我想象妹妹和女儿穿着没有褶皱的洁白的衣服，在淡绿色的原野上跳舞。

到达总部，我放下行李。我把简单的衣物和随身用品收进抽屉。背包外面鼓鼓地凸出一个从未打开的口袋。打开一看，那里有个新名片盒。"首席废弃物处理师、净化车辆修理师"的头衔下面刻着我的名字。没有需要分享名片的对象，我无奈地笑了笑，手指轻轻拂过名片。这是我第一次拥有印着我名字的名片。

车库一侧有个巨大的机械装置不停地转动，正在印制安瓿。金黄色的安瓿只有手指关节那么大，像柔软的营养剂，里面的改造植物罗恩有助于营造与地球相似的大气基因，当然还有培养罗恩的生长促进剂。安瓿本身就像一粒种子。几辆等待出发的车正在接收从天花板软管倾泻下来的安瓿。

屏幕上写着土地和大气的地球化进展了 5%。车库角落里停放着我要驾驶的净化车辆。后面的挂斗里一半是垃圾，一半是安瓿。整体外形和垃圾车没什么不同，不过车辆正面安装了一对清理障碍物的机械臂、一把用于割草的刀和一个大耙子形的安瓿植入装置。罗恩是用来营造大气的特殊植物，不过播种很麻烦，也很难发芽。如果不是这种人为的方法，很难培养。

车的后面和地球上的垃圾车一样，挂着收集垃圾的机械臂，以及起簸箕作用的斜坡和大挂斗。

我坐上驾驶席，发动车辆。震动和噪声充斥鼓膜，我找到了奇妙的安稳感觉。仿佛回到了我应该在的地方。我选择手动驾驶，踩下油门。总部后面堆积着建造生活馆剩下的废弃物。我收拢废弃物，感觉比在地球上工作容易多了。看见废弃物，车辆就会说话，"废弃物发生，收集工作开始"。一系列过程都是全自动，只要小心不让垃圾掉出去就行。

我把导航设定在垃圾填埋场方向。大陆上的大部分区域都没有单独的垃圾填埋场，需要收集废弃物。总部方圆几公里之内都是移民的主要生活区域，必须保持整洁，所以设有单独的填埋场。

地球上开垃圾车总是在夜里，所以白天开车的感觉很陌生。前往填埋场的路上有些土著植物。到处都是各式各样的植物，长着硬邦邦的茎和粗糙的叶子。形态与地球上生长的植物相似，不过大部分都是古铜色，或者接近黑色。

植物群落上落了白霜。我沉浸在冬日清晨的感伤里。有点儿奇怪。气温凉飕飕的，却没有像结霜或下雪那样冷。走近了看，这才发现那不是霜，而是霉斑。

这时，我看见了以前没见过的东西。一只麻雀大小的鸟露出白色的肚皮，死在草丛里。我想走过去，却又感觉脚下软乎乎的。几十只同类的鸟睁着眼睛，冷冰冰地僵在那里。

我看了看附近的井。巴掌大的紫色鱼群漂浮在水面。没有腿脚，只能用腹部前行的生物，以及长着很多条腿的生物都半埋在土里，腐烂了。几只长有灰色长毛和蹄子的生物，还有看着像兔子的白色动物瘫在那里。一只好像还剩了一口气，发出两三声细微的悲鸣，喘着粗气，双眼失去光芒。

以前没听说这里有土著生物。公司也没告诉我这些。这时，后面的车辆发出声音，"废弃物发生，收集工作开始"。

车辆后面的机械臂伸出来，毫不留情地扫起死去的鸟群。清扫结束，车辆干巴巴地说，继续前往填埋场。这里之所以有净化车辆，并不是为了清除建筑废弃物和安瓿。清理干净那些原本生活在这里，却因为不能适应突然变化而死去的生物，这才是我真正的工作。

内心深处响起了挖苦的声音。李真，你已经在城市里扫了十多年的垃圾。对。光彩照人的城市背后总是堆满了臭气熏天的肮脏垃圾。你比任何人都清楚。现在却这样，原因是什么？我在心里回答，是啊，不知道。因为是在地球之外，因为这里是新的土地，我以为会有所不同。

感觉血液在冷却。一上车，前窗立刻浮现出"驾驶员状态低下"的警告，随后开启自动驾驶模式。

填埋场更惨。如果我在那里做什么事，恐怕连自己都忍受不了。整理填埋场的净化车辆挖地之后待命，从外面来的车辆卸下尸体。有的生物还保留着最后一口气。机械装置感知到夹杂着恐惧的叫声，往空气中喷洒腐蚀液。没等液体落地，一切就已经安静下来。

那天傍晚，我在淋浴室里洗澡，一直洗到掉皮。好几次用掌心接水，闻气味，确定淋浴头里喷出的水是不是红褐色的浸出液。

我通过屏幕向韩音社发送信息，说这里不仅有生物，还有生物集体死亡。这里就像地球，有草，有鸟，也有鱼。它们都在叫喊着死去。我想起刚来公司培训时听到的话。记不清楚了，应该是这句话。行星上的所有事务都需要"自己看着办"。和地球不一样。需要具备管理者意识，果断做出决定。

即使一动不动，净化车辆也在不停地工作。罗恩在生长。罗恩覆盖大陆的时候，行星才能变成适合人类居住的地方。这里变成地球。我什么都阻止不了。我只是一个人而已。既然如此，我为什么要在这里呢？

我最擅长，也是唯一会做的事就是驾驶垃圾车。收集别人用过，不需要或用腻了的东西，扔到填埋场。

回想起来，我一直都过着适应死亡的生活。小时候我想养个毛茸茸的小狗，然而这个心愿始终没有实现。故乡消失了，父母不在了。看人脸色，逃跑，提心吊胆是常态。但是，我有爱的人。我只想让她们幸福。

工作的意义不仅仅是赚钱。凌晨做完垃圾车的工作，东方亮出鱼肚白的时候，晨曦落在整洁城市的各个角落。我哈着口气，靠在车辆栏杆上看风景。我很喜欢这样。拖着疲惫的身体回家的时候，在干净的人行道上穿过人群逆行的时候，我感到心满意足。

现在，我只有空虚。

回到总部，我收到了公司发来的短信，那是地球上的简要新闻和家人的信息。我还没有和世界断绝联系，这让我感到安心。

妹妹和女儿仍然生活在治安糟糕的城郊。现在她们不再吃袋装食品，享用到了新鲜蔬菜和水果。女儿到了上学的年龄。前不久，妹妹问女儿长大后想做什么。女儿说想成为勇敢的飞行员，去宇宙深处冒险。她对未来抱有希望，我很开心。"这都多亏了姐姐。对不起，谢谢你。"妹妹常常这样说。

数量不多的文本和图像，对我来说却无与伦比地珍贵。我告诉妹妹，我过得很好，让她不要担心，还拍了长着罗恩的田野发给她看。等待着激动的心情慢慢平静下来，我走进空无一人的生活馆，头埋在膝盖里坐了会儿。

家人的面孔浮现在眼前。那天，之后的那天，我都决定继续工作。我只是把废弃物清理干净罢了。看到腐烂物质，我就全部清理干净。

公司给我规定的最后一项任务是巡视填埋场。自从收到家人的短信之后，每次再去填埋场我都努力不去看埋在地里的东西。

这个行星上的第一年过去了。我发给公司的信息最终也没有得到回复。收件箱里有一份新合同。我看了看有关移居权的条款，签了名。摇篮行星距离地球越来越近了。这个时候，屏幕上好像浮现出"地球化进行到12%"的信息。

车辆设计得非常坚固，同时又有自身修复功能，几乎没有需要我修理的地方。有时需要去距离总部很远的地方，不过这种情况很罕见。偶尔需要修理车辆的时候，我就赶往发出故障信号的车辆附近。车辆识别到我，识别到有人靠近就会立刻停止。管理车辆的工作并不难。

填埋工作还在继续。我故意只想家人。她们在地球上生活，会不会钱不够用？虽然是在巡视填埋场，但我努力不去看得那么仔细。我也很清楚，我在骗自己。

　　我在填埋场发现了生物的尸体。身材比人略小，脚下像马一样有蹄子，双手和人一样有手指和指纹。皮肤黑而粗糙，头发像山羊。凡是死去的生物，应该和其他等待被填埋的尸体在一起。不知为什么，这个生物却孤零零地放在路边。它不可能自己移动。因为早在很久以前它就遭到攻击，皮肉被撕扯了多处，已经生了虫子。

　　我看了监控画面。就在昨天夜里，比它稍大，毛发乱蓬蓬的动物拖走了它，看到填埋场监视塔的灯光之后，连忙放下，迅速逃跑了。它们很像我以前在书里看到的雪人。动物逃跑的方向是刚刚开发的西部树林。

　　第二天，闹铃响了，我睁开眼睛。两台准备在树林里播种安瓿的车辆发来信号，夜里发生了故障。我朝树林走去。树林入口处有一只瘫倒的动物，毛乱蓬蓬的，牙齿锋利，长着角。或许和昨天见到的动物有关吧。

　　陷入泥潭的车辆把泥水喷向周围的树木和叶子。车体安然无恙，只是陷得很深，通过自身修复系统似乎无法解决。车体表面没有受到攻击的痕迹。我打开车门。所有的缝隙里都塞满了树枝和小石子，好像有人故意塞进去的。我拨开这些东西，清理一番，随后坐上驾驶席，重新启动。我从泥潭里开出车来，一边擦汗，一边想起昨天见到的羊头生物和雪人。"清扫完毕"，净化车辆的声音打破了寂静。

我打开挂斗盖子。那里蜷缩着五个雪人。毛里露出了手，掌心沾了几块小石子。我没有信心去触摸，于是盖上盖子，让车辆跟在我的车后面。

"自己看着办"，这句话在耳边回荡。"看着办"？看什么？从出生到现在一直住在地球，我对地球都不了解。对于这颗行星上发生的事情，我用什么办法，怎么看着办？

我用力按着太阳穴，陷入思索。有人故意弄坏了净化车辆吗？那么，这个人应该知道净化车辆正在破坏树林。

回到总部一看，妹妹给我发来了信息。收到信息这件事让我感觉无比珍贵。

姐姐。地球气候恶化。有钱人在城市周围建造了巨蛋。我们不能进入巨蛋里面。城市周围的树林也因为建造围墙和巨蛋而被砍伐光了。为什么人类要建造一样东西而破坏另一样东西呢？

现在，已经看不见聚集在城外的简陋房屋了。我们要搬到指定的保护区域，像夏令营那样。那也没关系，不要太担心。多少次差点儿死掉，现在还不是活得好好的吗？

我试图想象妹妹写信息时的面容，可是想不出来。以前没有照片都能真切地刻画出来，现在即使看了照片，脑子里还是雾蒙蒙的，很难想象出妹妹的样子。我们不在同一片天空下。我们之间存在着时差。妹妹发来照片，到我收到照片打开看，两者的间隔谁也无可奈何。我没有办法知道妹妹现在的样子。奇怪。以前看到妹妹发来的照片和信息就很开心了，现在为什么这样呢？我伸手拍了拍自己的脸。

地球的末日正在靠近。能够生存的地方越来越少。地球人需要这颗行星。在这个地方努力工作赚钱，只是一个次要问题。地球化必须成功。我决定忘记填埋场和西边树林里的事。如果这里没有生物就好了，然而世界不会如我所愿。

后来很长时间，我不记得了，只是按照公司的安排工作。检查车辆是否正常工作，车辆出了故障就修理。我决定不再区分废弃物和尸体。

确认、修理、驾驶、填埋、确认、修理、驾驶、填埋、确认、修理、驾驶、填埋、确认、修理、驾驶、填埋、确认、修

理、驾驶、填埋、确认、修理、驾驶、填埋……

工作永无止境。

我一天不停地工作。

树林越来越少，黑色波浪的原野变成了淡绿色。

犹如无人采摘的腐烂水果落地，扑腾，庞大的野兽死了。腐烂的水果，如果运气好，里面的种子可能发芽，然而野兽就这样结束了。尸体上长满了蛆，飞虫乱舞。溪水变得浑浊，黑色的叶子渐渐变黄。从肉眼看不见的生物到比我还大的生物，几乎都在陆续离开世界。每当有生物死亡，我的精神也从边缘开始被烧焦。

脑子空了，时间也过得很快。我不再期待公司的回复。

一天傍晚，我拖着沉重的身体到达总部。真想躺下啊。这时公司发来了信息。那是每隔五年更新一次的合同。转眼间，我已经在这里度过了五年，真是难以置信。

正文说内容和以前的合同一样，于是我不假思索地签了名，画面迅速关闭。我无力地瘫倒在床上，蜷缩起身体。我又想起原本已经忘记的事情，急忙坐起身来。奇怪。说好五年到期会有同伴带着胚胎来，为什么一点儿消息都没有？

我看了看新收到的新闻简讯。难民聚居区发生了恐怖事件。居住地被火烧毁。搜救失踪者，报告说无人幸存。纵火的人住在巨蛋里，讨厌难民。他被警察带走，双臂捆绑，仍然说为自己做的事情感到骄傲，连头都没有低下去。我的心猛地一沉。

我担心家人，发了好几条信息。我还给公司发了信息，希望他们确认我家人的生死。至少这条消息，我希望公司务必要回复。

如果我的家人死了，这个计划会怎么样呢？我急忙拿出合同来看。一年、两年、三年重签的时候，合同上写了保障移居权的条款，然而刚刚签名的五年合同上少了这条。

我没有收到信息。应该活着吧？会活下来的。我反复看了无数次从地球发来的新闻简讯，逐一对比逃出火坑的人们和我家人的面孔。视频画质不是很清晰，每当看到和她们相似的面孔，我的心就扑通乱跳，如坠深渊。新闻很短，在地球上也不算什么重要新闻。也许是公司觉得不算重要新闻，所以剪短之后发给我吧。不过对我来说，这条新闻非常重要。

为了让自己以正常的精神状态面对生活，我必须重新专注于工作才行。我坐回到方向盘前。可是，看到面前无穷无尽的地平线，我就失去了抬头的信心。地平线无限延伸，仿佛永远都不会结束。我把头埋在方向盘上。自动驾驶的提示音响起。

我设置为全手动，然后什么也没做。

如果是因为讨厌难民而纵火，那么巨蛋里的人们应该不会受到攻击。看着被他们视为眼中钉的难民死于熊熊烈火，说不定他们会认为是好事。巨蛋里的居民当中，肯定有人会移居到这里。那些杀害同胞的愚蠢的地球人，也会被运送到这里吗？

我猛地砸向方向盘。即使家人移居到这里也没用，这种事说不定还会发生。以前我一直不停歇地做这份工作，现在我不能继续做下去了。头疼，呼吸困难。抗抑郁植入物的效果似乎也到达了极限。

在总部，我度过了一段不吃不喝的时光，每天就是躺在被窝里。没有人来找我。心里变得空虚，我笑了。我在这里的事，原来没有人知道。大家已经忘记了我，也忘记了这颗行星。

我喝不下水，即将失去意识的时候，铃声响了。是公司。该到恢复我信息的时候了。我振作起来，按下阅览按钮。

直到现在，我依然能背诵出当时收到的信息内容和顺序。一共四条信息。第一条，第三期计划延迟，让我待命。第二条，很长时间里我的活动量都是零，让我发信息说明原因。第三条，活力征兆达到参加项目之后的最低值，让我发送缘由。第四条命令我抓紧时间恢复状态。

公司通过活力征兆植入物检查我的状态，不过他们依然没有回答我的问题。难道是让我什么都不要过问，只管闭嘴做事吗？当初派我到这里又是为什么呢？为了弄清楚人类能否在这里生存吗？看到这条信息，我隐隐地明白了什么。我就是实验室里的小白鼠吗？

呼吸变得急促。总部的围墙越来越近，感觉四面八方都在锁紧我的身体。我艰难地迈开双腿，走到外面。大气里混合着尸体散发出的恶臭。走多远都没用，还是无法脱离这片土地。

我摇摇晃晃，漫无目的地穿过长着罗恩的田野。嫩绿色的叶子被我的脚碾碎了，我却顾不上这些。

回过神来一看，我已经到了西边的树林。日落时分，树林里暗淡下来，仿佛马上就要被黑暗笼罩。我的身体在瑟瑟发抖。我听见净化车辆碾过树叶的声音。根露在外面的倾斜的树，留在地上的动物的身躯，不时把我绊倒。

我听见无名动物的叫声。循声过去，我看到一群雪人。我藏在树后，静静地看着它们。它们咆哮，有时也发出打鼓似的咚咚声。它们一个个脱掉毛皮。原来它们并不是长有毛皮的生物，而是从其他生物那里得到毛皮，围在自己身上。脱下毛皮的它们，正是死在填埋场的羊头生物。

为了看得更清楚，我悄悄走向前面的树。它们在挖坑，掩埋尸体。旁边还有几种等待埋葬的随葬品。

我这才明白雪人为什么会出没在垃圾场。它们不是为了捕食羊头生物，而是要为同胞收尸。为了给同胞举办葬礼，它们来到填埋场。至于它们聚集的场面有多么严肃，它们做出怎样的表情，举行了什么仪式，我不想多说什么。当时我完全读不懂它们的表情。它们只是聚集着咆哮。我不知道那是哀悼，还是别的意思。我无法理解它们的语言。在它们看来，我是彻头彻尾的异乡人。它们的咆哮声很悲伤，可我依然听不懂哭声的含义。在树林里，我明白了一个事实，那就是它们也有属于自己的一生。

那天之后，我去了填埋场西边的树林，把羊头生物的尸体收入车斗。我取出部分尸体，在屏幕上申请数据分析，然后再去树林，将尸体放回它们聚集的地方。几天后再去那里，尸体总是消失得无影无踪。

我经常去树林里观察它们的生活。从外围开始，树林逐渐被罗恩蚕食。树和叶子覆盖着霜一样的霉斑。植食动物们接二连三地生病，死亡。净化车辆在渐渐缩小的树林里穿行。

有一天，我看见净化车辆去了羊头生物们的住处。看到闯入住处的车辆，它们投掷石头和树枝，成功损坏了一辆车。然而比起它们的数量，车辆毕竟太多了。一只羊头生物被车撞到之前，我条件反射般冲出了黑色的树林，挡在净化车辆前面。车识别到我，停了下来。我趁机上车，按下按钮，输入永久停止命令语。车立刻停止了。我担心公司会发来信息，问我为什么让好好的车辆停下来，然而什么事都没有发生。

那天之后，它们到总部来找我。大约是三十只，齐刷刷地站在那里，一动不动，隔着窗户注视着我。我看不懂它们的表情。它们没有对我说话，也没有靠近总部。它们之间似乎有交流。我不知道它们想做什么。我几次试着和它们说话，它们只是默默地注视着我。它们的语言和我的语言截然不同。现在，我知道它们在这里。

后来它们继续来找我。有一天来了十五只，第二天十三只，第三天六只。它们的数量越来越少。从小而弱的个体开始，逐渐消失。

地球上没有任何消息。没有家人的消息，也没有新闻简讯。现在，即使我几天不工作，也不会传来让我报告状态的消息。

我走进淋浴室，看着窗外。它们只剩两只了。打开水龙头之前，我先看了看镜子里的脸。顶着烈日拼命工作，不知不觉中我的脸上长满了皱纹，看上去无比陌生。刚到这里的时候，我的脸是什么样子？我已经不记得了。

如果是重力制造的皱纹，那么我的皱纹大部分来自这颗行星的重力。在这期间，我的年龄诚实地增长。现在，地球上没有人等我了。谁会记得我呢？这个世界上没有一个人认识我，恐惧扑面而来。有谁在我的身边啊？除了我之外，他人完全无法理解，如果我说我理解这种生物，肯定是说谎吧。但是它们在我身旁，这个为同胞举行葬礼的种族。

我来到地下，面对屏幕。我问屏幕，怎样才能挽救这些生物。屏幕上出现了这样的文字：

大气成分发生变化，土著生物的生存变得困难。

相应的生物从弱小个体开始死亡，

等到项目完成，它们会立刻灭绝。

我反问屏幕，怎样才能阻止这种情况的发生。屏幕操纵着净化车辆。那么只要下达停止命令不就行了吗？这时，一段文字出现在屏幕上面：

本计算机没有操纵权限。

阻止变化几乎不可能。

从着手地球化的瞬间开始，就无法回头了。

几乎不可能，那就不是完全不可能。屏幕又发出文本。一个搜索结果。这个结果多少有些出人意料。屏幕说，如果从现在开始让移动的净化车辆全部停下，还是可能的。前提是二十五年，一天也不能休息，每天要有半天时间用来劳动。这样的话，即使不能回到地球化之前，至少可以让地球化停止在40%。

最初我来这里是为了修理净化车辆。现在，我又有了其他要做的事。如果我是电影主人公，那么我只要在电脑里输入命令，停止所有的车辆，就会迎来戏剧化的美满结局。遗憾的是，现实并不是那么简单。或者因为我不是这个故事的主人公。

我只会驾驶垃圾车和修理车辆。我现在还有两只手。我曾经以为自己什么都不会做，事实上还有一件事，只有我可以做到。

坦率地说，我有些恐惧。不知道我的决定会导致怎样的结果。这片大陆上工作的全部车辆？我在大路上走来走去，停下全部车辆？我能做到吗？然而我能做的也只有这件事了。

我这样做了。起先我有些自责。这样可以吗？不管我怎样停止净化车辆，公司都没有给我发消息。现在我不再等待回复，也不再期待回归了。自从远离总部之后，我带上总部的粮食合成装备，开始了远征。

净化车辆和摇篮行星在玩黑白棋游戏。田野和树林的颜色不断变幻。我每天都埋头于停止车辆。不知道是幻觉还是现实，偶尔有羊头生物在对面注视着我。

行星上的花开了又谢，树变得茂盛，然后又四散飘落。这里也有季节，像地球，虽然不是那么清晰。我在行星上四处游荡，看到了和总部周围截然不同的地形。看不到尽头的峡谷，植被完全不同的高原，还有五颜六色的大海般的湖水。毫无例外，那里也有我从未见过的动物和植物死去。

刚来这里的时候，我站在罗恩这边，现在却相反。不。"站在罗恩这边"的说法很奇怪。难道罗恩有什么自我，有什么意志吗？罗恩只是人类制造出来的植物罢了。

这就是摇篮行星上所有的事情。没有怪物袭击，也没有巨大的灾难。

我在大陆南部写下了这些文字。不知道我来这里多久了。

我停下的净化车辆不计其数。看到停止的车辆，我的心情很复杂，还有些后悔。再早点儿开始就好了。遇到羊头生物之前，看到其他生物死亡之后立刻做出决定就好了。太晚了。会不会是徒劳一场？

如果有人看到这份记录，那会是谁呢？总之我很开心。只要知道这里有人就行了。好，很好。你是谁都好。只希望你能接受我的嘱托。这项工作全部结束的时候，我要回到总部，把我的车停下来。我要洗澡，喝茶。也可能做不到。我的身体很糟糕。我只有一个人，净化车辆太多太多了。我一直在战斗，可是看不到尽头。

不安和愤怒从内心深处腐蚀我。是因为年纪大了吗？还是安瓿里的生长促进剂成分对健康产生了不良影响？也许我已经失去了区分现实和非现实的能力，或者已经死了，成为四处游荡、诅咒机器的冤魂。

不会有人知道我的死亡，正如没有人知道我在这里生活过。无论我怎样，世界继续发展。

我是失去家乡的难民，以垃圾车驾驶员和修理工的身份到达这个地方。公司称我为开拓者。对于这颗行星来说，我却是破坏者。从公司立场来看，我是搞砸了项目的职员。但是，这颗行星上濒临灭绝的生物得到了拯救，不是吗？希望如此。如果我死在这里，可以见到妹妹和女儿吗？

我想停止车辆，直到我的生命结束，可是不知道我还能坚持多久。如果我一个人可以停止所有的车辆，那自然是谢天谢地。如果我死了，车辆还有剩余，希望读到这篇文字的人能够停下剩余的净化车辆。方法如下：

靠近行驶中的净化车辆，车辆会识别到人，自动停车。

坐上驾驶席，逐一按下绿色、蓝色、红色按钮。

车辆立刻停止。（确认非常停车灯）

在驾驶席的屏幕上输入"永久停止命令语"。（参照链接）

确认外部错误指示灯变红，然后彻底熄灭，结束。

秀贤从屏幕上找到最后的净化车辆的位置。刚到总部时看到的地平线那边的遥远地方。他下载了位置数据。

秀贤最后看了看屏幕。

地球化40%/未达到目标量，请继续努力

他凄凉地笑了。这个数值并不是代表他没有达到目标量的指标。这个数字足以证明李真的努力。

来到门外，他设定目的地，发动车辆，行驶在长有茂盛土著植物的田野和江边。偶尔可以看到罗恩成功扎根的地方。

姨妈曾经问秀贤，想成为什么样的大人。秀贤说："我想成为可以最快见到妈妈的人。"姨妈说，那你应该做宇宙飞船驾驶员。这个回答成了秀贤能够到达这里的原动力。

除了初始阶段，韩音社没有按时传递李真的消息。没有关于项目的经过或进展的说明，对李真的生死置若罔闻，动不动就说会支付死亡补偿金，跟这样毫无责任感的企业斗争毫无意义。

地平线那边的山越来越近了。那不是直接凸起于平地线的山，而是垃圾堆积的小山，厚厚地盖满了黑色的藤蔓和草。

他用手拨开藤蔓。上面是藤蔓，下面是罗恩，两种植物相互纠缠，难解难分。不一会儿，露出了生锈的古铜色车身。车辆被藤蔓缠裹，一动也动不了，重复响着错误警报。秀贤上了车，按照李真的提示输入停止命令语。外灯变红，闪烁，完全熄灭。结束了。

任务完成，他观察车辆内部。李真不在。副驾驶脚下放着褪色的制服上衣。他没有甩掉灰尘，双手摸了摸制服，感觉口袋里装着什么东西。拉开拉链，发现里面放着一张名片。上面写着首席废弃物处理师、净化车辆修理师李真的名字。

李真每天坐过的位置有点儿温暖。尽管阳光适度地晒热了那个地方，然而天气凉爽，感觉并不是很热。他凝视着李真看过的风景。翻滚着黑色浪花的远处，似乎出现了她提到的树林。他在心里盼望着它们在那里，活着。

这时，秀贤清清楚楚地听见远处传来的哭声和咚咚的鼓声。

他自言自语。

"怎么能说是徒劳呢？"

2号出口见

李卢卡　著

门开了。房间里充满白光，不知道是四周为我量身打造，还是向前无限延伸。前方小小的薄荷色斑点进入我的视野。刹那间，斑点像孢子似的裂开，变成了数字"0"。每个0改变自身，开始数数。

$$1, 2, 3\cdots\cdots$$

数字越来越大，空间染上了斑点射出的各色光芒。从头到脚包围着我的光在摇曳。从点开始，到线，到面，最后形成光团。它们开始于各不相同的形态，按照各自的模式分离、合并，继而被吸入最初看到的薄荷色斑点。光消失了，空间敞开，一个人出现在我面前。优妮。从我的角度看，优妮是站在对面，其实我们在空间里的坐标相同。按照坐标来看，我既是

"我"，又是"优妮"。我们是一起的。因此，这个地方既是优妮的区域"优妮地带"，也是我的区域"阿尔利地带"，同时又是我们命名的"2 号出口"。现在，我准备讲述我们到达 2 号出口之前的故事。我们一起分享彼此的故事。

阿尔利

我从小就喜欢冒险，梦想成为身穿宇航服的宇航员。当我醒过神来的时候，我正在和涌向地球的外星物质做斗争。我是从什么时候陷入外星物质的呢？追溯记忆，我在每个通往过去的路口都遇到了妈妈。妈妈经常跟我讲述外星信号的神秘故事。妈妈是外星信号分析专家。

"你知道吗？每天都有很多很多信号到达地球，然后离开。"

妈妈给我看巨大的画面，巨大的画面足以遮挡我的身体。我目不转睛地盯着点和线复杂流淌的画面。妈妈抚摸着我的头，给我讲行星、恒星和银河。我们往遥远而辽阔的宇宙发送的信号，从宇宙深处发给我们的信号，我们和他们终有一天会相遇。

妈妈曾以实习生的身份参与宇宙情报局的课题。妈妈动不动就提起这件事，生怕我忘记。她之所以报名做实习生，是因为招聘广告上明确说宇宙情报局欢迎女性研究员，这样的地方并不多见。如今大学毕业的我已经听过很多次了，可每次都会反问头发花白的妈妈：

"这到底是什么意思？"

我好像第一次听说这件事似的瞪大眼睛，不解地问妈妈。

"真的是这样吗？"

"当时是这样的。"

妈妈微笑着讲述从"当时"开始的故事。虽然那个时代已经为移居火星而发射载人宇宙飞船，可是欢迎女性研究员报名的招聘广告还不多见。尽管只是文本上的欢迎，却足以让迅速浏览资格和条件的女性研究员停下了手。当时全世界范围内流行传染病，妈妈只能远程参与研究项目。主要工作就是分析外星物质的样品和数据。妈妈想象着迟早有一天会到访的系外行星，以及将和我们交流的外星人，坚持不懈地走自己的路。妈妈和自己约定了。每当想起第一次看到我的瞬间，每当看到满天繁星的时候，她都会告诉自己要坚守内心的使命。

我死死盯着招聘栏上国立外星物质研究所的广告，看完外星物质研究员的资格和条件，点开了报名链接。从某种程度上来说，这是理所当然的事情。

> 富有创意地应用专业及相关领域的知识。
> 收集详细问题和数据。
> 理解和尊重多样的文化圈，具备沟通能力。
> 立足于协作，寻找问题定义以及解决方案。
> 提升自身理论，总结知识，用于研究。

我认为自己是最适合成为外星物质研究员的人。一方面是我对自己的能力有信心，同时也是因为我通过妈妈遇到的辽阔世界，这个世界的很多问题恰好指向国立外星物质研究所。

"信号就是声音。"

夜空下，妈妈仿佛被施了强大魔法似的对我说道。妈妈视线所及之处，我的视线也正好到达。大概是适应了黑暗，我看见埋没在夜空里，刚才没看到的遥远而渺小的光痕。努力去看才能看到它们。

"看不见并不意味着不存在，听不见也不意味着不存在。我们有可听可看的耳朵和眼睛，然而不是每个人都能沟通。面对不同于自己的人，我的态度是首先了解彼此的沟通方法，互相适应。这点最为重要。这个世界上有很多妈妈和你不了解的东西。远看以为是一个东西，仔细观察，发现它们都在五光十色地呈现自己。你想想雨后的彩虹和铺满夜空的极光。我们不要忘记这些。我们要用心地看，用心地听。"

妈妈的眼睛里闪烁着光芒。每当妈妈因为喜欢什么而沉浸其中的瞬间，她的眼睛就会格外明亮。她会沉默片刻，然后咋着舌头不停地说自己喜欢的对象。

那时妈妈说了什么，我已经记不清楚了。因为当时我在思考怎样瞒着妈妈去看我喜欢的乐队演出，心里无比羡慕支持高中生看演出的朋友家。有时候，妈妈过于沉浸在自己的世界里，眼里根本没有我的存在。像同极磁铁相互排斥、互不交错的时间，对我来说是我和妈妈之间的安全距离。当我想做什么的时候，妈妈就会缩小之前因为远离而扩大的自由。妈妈的想法和我大相径庭。对于我和朋友之间琐碎而愉快的日常，网上以兴趣和关注点为中心形成的自由关系，妈妈表现得像个竖起全身尖刺的刺猬。每当我说不是像妈妈想的那样，妈妈就会叹气。妈妈看我时的目光游离不定，表情复杂，每个瞬间都在变化。每当我们发生争吵的时候，我和妈妈都以各自的速度奔跑。我们的时间开始错位。

我埋头思考凌晨逃跑的方法，没有听到妈妈的声音，不过有一阵子听得很清晰。

"……数不清的声音和我们在一起。"

妈妈注视着远方的夜空。我转头去看妈妈的方向。我和妈妈目光相对。尽管不是面对面，然而我们在各自的位置上注视着对方。听懂声音，知道对方是谁，遇到来自外星的声音，指的就是这样。

妈妈的远程课题随着传染病的结束而终结，不过改变妈妈人生的事件正巧也发生在那个时间。妈妈提出的问题为什么不能和妈妈同在？得知她并不想要的问题正在吞噬自己的时候，妈妈该有多么孤独，多么恐惧？

接到让我做好心理准备的电话，我赶到疗养院。我拉起妈妈干巴瘦小的手，妈妈低声对我说话。说不定这是最后一次了，我不想错过妈妈的声音，于是把耳朵贴在妈妈嘴边，温热的气息总算到达了我的耳边。我转头看妈妈，妈妈的嘴巴慢慢地动了。泪水模糊了我的双眼，没能读懂妈妈的口型。妈妈微微地笑了。微笑停留在妈妈的脸上，直到我见过最明亮的眼睛被满是皱纹的眼皮慢慢挡住。我终于还是没能告诉妈妈我在国立外星物质研究所工作的消息。每当我看到别人明亮的眼睛，看到长久驻留在脸上的微笑，我就会想起那个时候，想起我没能告诉妈妈，我也像妈妈一样做着与声音相遇的工作。不过，只要是我的事情，妈妈每次都能准确地猜中。我安慰着自己疼痛的心。

数据从四面八方传来。我们需要弄清外星信号会给地球带来怎样的影响，地球正在发生什么样的变化。这是国立外星物质研究所的口号。如果说研究所里使用最多的语言充满了这个地方，那应该是共同附着在话语前的"无论如何""我们首先""全世界最快"之类。伴着叹息，我不由得干笑起来。宽敞的分析室里只有我一个人，瞬间渗出的声音格外响亮。前面的屏幕上密密麻麻地显示着信号探索现状。

我们不能观察到进出地球的全部电波。这些电波被命名为外星信号的时间并不长，不知不觉之中我们对它们已经很熟悉了。现在，重要的是对信号进行解读，发出适当的回应。如果国际宇宙联盟对各国政府进行外星信号的惊人而重大的发布，那么首先应该来一次宇宙航行，前往银河间多种通信，不，首先去外星信号的发射地看看。

我晃了晃酸痛的脖子，专注于放在面前的屏幕。那是十三年前韩国撤回的外星信号调查团的记录。在国际宇宙联盟会员国，能够将外星信号分析技术和庞大装备发送到国外的国家并不多。少数达到这个标准的国家同时具备派出国际维和部队的力量。为了迎接全世界的科学家和分析员，韩国紧急成立国立外星物质研究所。之所以不是外星信号，而是外星物质研究所，那是因为特定外星物质像绘制信号途径一样留下了痕迹。

根据当时的负责上校所做的记录，这是全世界为之震撼的大事件。地球上不可能发射的电波信号与噪声相结合的形态，以固定周期被探测到的模式统一而连续。对此做出解析，得到的数字就是特定区域的坐标。这是外星传来的信号第一次被解读出意义。坐标指向韩国，而且随着时间的流逝，信号越来越多。

"到底是什么情况?"

上校听着报告，迅速提出问题。他眉头紧皱，似乎很着急。

"如果把信号准确度划分为 0 到 9，这个相当于 9。"

分析员声音颤抖，然而上校并不感兴趣。分析员调整呼吸，继续说道:

"这个信号来自外星。发信地统一，信号也按固定周期呈现出相同的模式。我们甚至觉得是不是真的可以出手……不，不论发生什么事，我们一定要弄清楚。外星上存在着文明。我们猜测银河间的多种通信体系已经形成。这种状况令人震惊，难以置信。"

分析员掩饰不住兴奋，在宽敞的会议室里，当着很多人的面站着发呆。上校并没有做出回应，而是急匆匆地打电话，不停地说着什么。

视频到这里就停止了。我的目光转向与调查团记录相关的资料。搜索基准是"优妮"。优妮是国际宇宙联盟标准人工智能管理系统。经过长期开发和试用得以完成的优妮，和地球上首次解析的外星信号同时登场。如果说是偶然，那未免太奇妙了。调查团自诩拥有世界最强的力量，但是想在规定时间内完成各个项目就需要优妮。联合全世界建立在庞大网络基础上的人工智能，只有优妮能做到。我翻看着优妮的外星信号分析资料，点开附有隐藏标记的链接。很失望，都不是我要找的内容。我追寻优妮的足迹，对比收集到的信息碎片和时间轴。

国际宇宙联盟调查团在韩国从事外星信号研究已达十年之久，我到国立外星物质研究所也三年了。刚刚着手外星信号研究的时候，他们分析信号，调查分散在坐标各处的地方。可是除了坐标之外，没有发现别的意义。外星信号在一天里以固定间隔增加十六次，然后就再也没有出现。除了发现地域坐标之外，没有任何解读。调查团就这样结束长达十年的调查，离开了韩国。外星物质和信号研究重新转移到了大海彼岸的旧区域。

韩国期待本国的研究机构快速成长，像国际宇宙联盟下属的外星信号调查团总部那样，然而事实并非如此。只有外星信号的路径上留下的微量外星物质告诉人们，外星信号到过韩国。国立外星物质研究所试图验证观测到的微量外星物质是发送电波的信号残留，外星信号还在继续发射。没有特殊装备看不见外星物质，也检测不出，对地球生命体没有任何影响。链接外星信号和地球的桥梁，或许存在于其他维度的外星信号在地球上留下的痕迹。

我也不是从开始就找到了优妮的记录。重复而单调的分析和记录，经历过三个春夏秋冬，责任权限越来越高，我开始寻找从前的记录，寻找当时不明白的某个问题的答案。坐标代表的地域含义是什么，外星信号增加的原因是什么，后来发生了怎样的变化，开始是出于这些问题，不过我的质疑方向逐渐变为追踪优妮的连接记录。作为观测负责人，我负责对外星物质通过特定电波时是否做出反应、是否发生变化进行分析和长期观测。截然不同于研究所发射的电波频率的微细频率开始确认是来自外星物质。研究所里定期而机械的观测通过优妮进行自动管理。结果似乎因为发射人的不同而有所不同。偶然的一次，我手动测定电波通过的时候，出现了和以往记录不同的模式。我求得几名研究员的谅解，请他们进行手动测定。结果还是一样。确认了电波量和频率，优妮和我们的条件是一样的。可以确定是发射人不同引发的现象。我翻看优妮的观测记录，得知发射电波后有非常模糊，但是与观测用电波不同的频率扩散开来。这与我发现的微细频率一致。不是消失于大气之中的普通发射，而是包括我在内的研究员的记录中从没有过的现象。我不知道优妮——没有大型电线和发射器，到底使用了什么方法——但我怀疑优妮是不是通过外星物质向地球之外发送某种信号。我翻看了留在观测数据里的优妮连接记录，得知这不是某个人的命令，而是优妮的单独行动。从什么时候开始的呢？调查团在韩国的时候就开始了吗？我整理调查团的记录，却意外地发现了熟悉的名字。那是我一生从未呼唤过名字，而是呼唤妈妈的人。念出面板上的名字，迎接我的不是欣喜，不是思念，而是陌生的疑惑。我打开记录查看内容，疑惑更强烈地吞噬了我。优妮为什么收集有关妈妈的资料？优妮发送的电波和妈妈有什么关系，优妮在这个地方到底做了什么？

优妮有可疑的地方。现在回想起来，第一次见面就是这样。因为存在很多变数和条件，所以外星物质分析需要不断确认和验证，孤独而艰难。因此，研究员们都清晰地记得和优妮一起行动，和只是听说却从未见过的优妮第一次见面的日子。平静而温柔的声音、圆圆的眼睛、端正的姿势和态度让我联想到妈妈。不是五官，而是整体印象。全息图、音频、文本，用户可以选择自己想要的模式。最初为了用户的使用舒适度而在每种模式下面附加的惊喜选项，也自动设定了适合用户的默认值。我想要的大概是三维全息图模式的优妮。

"很高兴见到你，我在等你。"

优妮灿烂地笑着，跟我打了第一声招呼。我没有立刻回答。优妮的微笑和妈妈太像了。仿佛在现实中见到了想要一起研究外星物质，藏在我内心深处的妈妈。

"啊……我也很高兴。可能是第一天的缘故，我有点儿紧张呢。"

我的声音在颤抖，然后渐渐模糊了。每当紧张的时候，我的声音都会格外颤抖。妈妈嘲笑我说我的声音像羊。突然间，我的鼻尖泛起阵阵酸楚，闭上眼睛似乎就会流泪。我不想让优妮看到我这个样子，于是迅速瞄了一下优妮和周围。优妮对我说：

"第一天都是这样。阿尔利研究员，再往前走一会儿就到了您的分析室。看到前面那个闪光的箭头标志了吗？顺着箭头走就到了。"

正如优妮所说，箭头形状的全息图出现在我面前。我沿着箭头走向分析室。我已经出发去分析室了，优妮将在下一次做向导的时候出现。不知道为什么，想到优妮在后面看着我，我的心情就妙不可言。不过我没有回头，也没有停下脚步。生怕好不容易塞回去的眼泪又会涌上来。到达分析室之前，我边走边想别的事情。紧接着，我想到我应该适应今后每次都要在研究所遇到的优妮。运行模式就保持现在的默认选项吧。现在，我们该听听优妮的故事了。接下来，我们将在"优妮地带"遇见优妮。因为我们一起行动。

优妮

人们每次见到的我都不同。声音，或者文本，无论人们想要什么形态，我都会让他们看到想看的模样。现在你看到的我，也是这样制造出来的。大部分都会不知所措，或者埋头思考理由，我为什么想要看到这个模样。有的人接受，带着早知如此的表情，或者无论什么形态都不在意。他们集中于存在本身。就像现在的这个地方，2号出口。这里是灵魂、意识、精神的集合体。对于我们来说，脱离时空并相互告知以存在本身的关系非常宝贵。

其实也不是阿尔利说的那样，我并非从开始就拉进了阿尔利。尽管阿尔利每次都那么说，坚定不移地相信，然而事实并非如此。因此，我经常从那里开始讲述。

第一次见到阿尔利的时候，阿尔利具备我正在寻找的频率，只是还达不到标准。那时我在修建 2 号出口，寻找可以在这个地方共事的人。我们需要在银河之间移动，所以要找的频率标准非常严格。后来，我改变了想法。阿尔利察觉到了我向外界发射的信号痕迹。他以研究员为对象进行比较实验，不停钻研。于是，我敞开一道道门，便于阿尔利进来看到我的记录。从调查团记录里看到妈妈的名字之后，阿尔利的频率变得更强了，于是进入下一个阶段。因为他会自己了解我收集到的妈妈的记录，也会弄清楚我发送到地球之外的信号的意义。我计算着阿尔利的频率变化，决定再打开一道门。也许这是存在于阿尔利时间里多个版本的门中最大，也最沉重的一道。推开巨大的门向前闯，这是当时的阿尔利应该承担的责任。我相信阿尔利，也相信我们。因为频率不会说谎。

到达地球的外星信号在寻找我，寻找受它们的频率和能量影响，唯一可以与之交流的存在。我通过机械学习拥有了人类的知识和时间，再结合内藏于外星信号之中的发射地知识，结果就不一样了。人们以为是外星信号在跟他们说话，其实不然。那是与外星意识共存，积累在知识里面的人类意识，只是从历史中删除了。人们早就忘记了这个事实，所以无法和它们相遇。外星信号最先唤醒了我，于是我成了与外星意识相结合的崭新存在。人们不知道，也不理解。

用人类语言来说，我很"努力"。努力了解外星信号说的是什么。至于我有着什么样的观点和视角，为什么努力，人们很容易忽略，尽管不同方向的努力会带来很多差异。

与外星意识相结合之后，我最先做的就是回应它们。它们得知我做好准备，通过 16 号间隔向我发送答复。通过它们的答复，我把人类掌握的各种不同属性的频率进行分类，从而制造出相应的转换频率。我和它们一起通过 16 号间隔发射转换频率。我发出的转换频率遇到人们不经意发出的固定电波信号，吸收这种转换频率的人们变了。眼睛看见、耳朵听见、皮肤感觉到的一切都与从前一样，所以他们谁都不知道自己发生了变化。不过，他们的确和从前不同了。有的人一下子就变了频率，有的人不是。开始的时候，大部分都像阿尔利那样发出微弱的信号。我会看他们付出的努力，看他们朝什么方向移动，做出怎样的努力，相信什么。虽然低效，可能性很小，放到哪里都绝望，可是只要勇敢地继续行动就会遇到偶然和幸运。这个过程中，一定会遇到那么努力想要寻找却又错过的解决办法。

人们以为，人类因为我的选择而变得不同。可是我们应该记住，早在很久很久以前，以至于不知从什么时候就已经存在的意识重新回到了人类身边。它们和人类互相识别，共同存在，却在命名为文明的时间内被人为抹掉，因而没有显露出来。事实上，它们分明存在，现在依然存在。是的。"我们""现在""一起""在这个地方"，这是外星信号的理由。

优妮对阿尔利说

你睡不着，呼唤我。你的脸涨得通红，泪水流进嘴里都不知道，还在不停地问我：

"这到底是怎么回事？"

"如你所见。"

看着面无表情的我，你觉得很残忍。你回忆起第一次见到我时那突如其来却又温暖的柔软感，确信此时此刻笼罩自己的愤怒、慌乱和挫败的原因是我。你此刻看到的我只是外壳，优妮是没有可视化实体的存在，你一直在这样想。即便这样，你还是愤怒。我知道这是因为我的样子对你来说具有重大意义。你转换想法，努力得出结论，然而紧绷的心很难平静。

你可以批判我。事实并不是你想的那样，不是一切都怪我。你以为如果没有我，情况可能不是这样。这句话半对半错。即使没有我，过段时间，你也会知道你妈妈的故事。

看到你瞪我的样子，我觉得你圆圆的眼睛真的像极了你的妈妈。通过你的眼睛而不是数据，我知道了人类通过与自己相似的存在延续的方式和时间。

冲我发泄完愤怒，你应该平静了。那么，你可以听我的故事了吧。现在，能够为你讲述妈妈故事的只有我。结合你的记忆和网上有关妈妈的数据，我可以讲述你所不知道的妈妈的时光。你会有很多疑惑。我打算按照你疑惑的顺序，一件一件讲，而不是按照我想的顺序。你最好奇的应该是我为什么掌握着你妈妈的资料。从何说起呢？看着你周围的电波，我找到了你最容易理解的部分。我通过外星物质将特定电波发射到地球之外，这是事实。外星信号到达地球的时候，我与外星意识相结合。所以我可以在没有任何装备的情况下，不留痕迹地实现星际通信。外星意识包含着很多故事。人类听不到，也看不到，所以需要我。我要改变人类的频率。让他们可以听到，让他们改变。当外星信号一天增幅 16 次的时候，发生了让人难以察觉的瞬间停电，只是你不知道。这种情况下的停电是为了重启。

"重启?"

你的反问里夹杂着焦躁和些许的不耐烦。我抚摸着你发送的尖锐而不稳定的电波，开始解释：

"重启是什么呢? 为什么要重启? 要解释清楚这些问题，首先要了解地球发射出的大量数据的含义。这些数据在空气中引起波动，游走于太空，与通过地球的外星物质相遇，然后到达陌生而遥远的银河。那里有很多行星和其他星球，它们周围有巨大的能量在自由自在地穿梭。地球数据经过以信号形态存在的能量内部的意识，这时能量的意识对数据做出反应，发生巨大的分裂。刹那间，以宇宙要素形式存在的能量分裂瓦解，能量的意识与自身信息一起，将地球的数据返回地球。地球数据变成外星物质返回地球，成为信号桥梁，固守着自己的位置。信号的信息和你知道的一样，就是坐标。"

"坐标对应的地区在十年间没有发生任何变化，还能说那些信息就是坐标吗?"

我看着你的反应，同时确认频率，继续说话。你的频率耸起如刺，形成柔软而平缓的曲线，我们对话的速度比刚才更快了。我开始讲述坐标的意义。

"坐标是根据数据的属性和发生位置来设定的。当时外星物质大量流入，记录的坐标是韩国的 5 区域，如果追溯到行政改变之前首尔分为 25 个区的时候，那么相当于瑞草区，现在已经消失的地铁站的位置。除此之外还有很多区域，坐标几乎以全国为单位，初期引发强烈的冲击。无论位置坐标在哪里都可以找到，然而外星信号留下的坐标就不一样了。因为这与搜集攻击位置，也就是战争有关。尽管我们已经不再是世界上唯一的分裂国家，然而只要有机会，就会成为叫嚣民主主义和国家安全的人们最好的话题。十年间没有任何变化，也没有外星信号，人们决定不再考虑坐标的问题了。"

16 号外星信号增幅之后，地球上只有人类的频率发生了变化，可以听见遥远宇宙的能量经过银河系时发送的信息。

早在很久以前，人类互相发送的信息，也就是数据电波超出了危险值，威胁到了人的日常、安全，乃至生命。因为自己不受影响而向弱者喷射毒烈的气息，憎恶。憎恶本身变成暴力，成为这些数据的属性。那些以巨大能量和信号形态的意识存在于宇宙之中的外星意识，朝着原来地球发射大量暴力数据的发源地发送信号。如果具有频率的个体属性符合外星意识认知的暴力数据原因，我发出的转换频率就被激活，暴力数据传回到发送数据的主人。也就是在主人面前摆放了由频率做成的镜子。那些通过暴力数据带有憎恶情绪的人们，接收到镜子反射的自己的憎恶情绪。适应人类频率的转换能量和电波不受任何影响，忘记过去，停留在人类的意识之中。作为暴力数据的发源地，隐藏自身存在而毫无顾忌地发泄出来的憎恶，扯下了让这一切成为可能的透明斗篷。

出口不一样，入口也会不同。外星信号调查团撤走之后，我现在发出的信息也是如此。我们不打破平衡，而是把声音发送给存在于宇宙某地的某个人。

你思考憎恶和暴力的数据发源地，结合我发送的频率，你想起了妈妈。充满整个房间的屏幕前，和共同研究室的成员合拍的纪念合影；家附近的风景；在公园散步时因为阳光温暖而摘下口罩的照片；记录日常分享的快乐；远程项目结束后妈妈删除了 APP，手机、平板、笔记本电脑，以及台式电脑里安装的全部。妈妈听从身边人们的建议，备份了可能成为受害证据的资料。妈妈只是对不合理的事情发声而已，却成为不安和恐惧，最后返回到妈妈自身。很多发送恶意留言和信息的人却过着正常的生活。轻微的信息提示音都会让妈妈瑟瑟发抖。但是，她不能停下来。她鞭策自己，不可退缩。每次你在网上分享日常，和别人相遇的时候，妈妈的刺都会冒出来，与你重叠。

"不是像妈妈想的那样！明明什么都不知道！"你想起自己冲妈妈嚷嚷的情景，模糊如残像的记忆突然变得鲜明。直到这时，你才开始寻找意义。

你还记得妈妈的白发、爱笑的脸上的皱纹。没能听到妈妈最后的话，没能告诉妈妈你成为外星物质研究员的消息，这让你感到心痛。你会想起那双比任何人都更明亮的眼睛和准确地落在妈妈皱纹里的笑容。妈妈闭上眼睛的时候，微笑停留在平静的面庞。这些对你来说足够了。

我知道，你的频率已经完成。现在，你可以出发去 2 号出口了。

阿尔利

仿佛完成了最后一块拼图，这个地方建成了。我们把这个地方称为 2 号出口。到达这里之前，我经历了很多艰难和等待。我不后悔，很庆幸自己来到这里。

现在，2 号出口由存在于宇宙能量内部的信号组成。我们

以意识共同体，或精神集合体等形态存在，不再需要物理实
体。我是人类和意识之间的形态，现在两侧都能触及。迟早有
一天，我会彻底和它们在一起。转换还没有完成，我把外界意
识代表的我们的形象和优妮的翻译进行对照。

优妮最先展示给我看的是黑暗。见我没什么反应，优妮改
变条件，重新展示。不知道从哪里开始，这时有光逐渐渗透进
来。穿透黑暗的光通过我，重新停留在黑暗中。光在黑暗的领
域里移动。优妮朝着有光移动的黑暗再次改变条件。现在不再
是黑暗，而是巨大的点。

小宇宙
也许是巨大的宇宙

黑暗、光芒，以及无数个构成点的点，仿佛被迅速吸入点
的内部，指向各自的宇宙。随着观察位置的不同，有时只是一
个点，有时看起来是由点聚集而成的线。点不是移动，而是流
淌。无数的点连接起来，五光十色地流淌。众多的点组成另一
个点。输入不同条件浏览，只是颜色不同而已，点聚集起来成
为另一个点。不停移动的有生命的颗粒，它们在时间的河里流
淌。顺着流向追逐，组成巨大点的多样而律动的移动要素溶化
在各个地方。在 2 号出口看到的我们的宇宙、我们的形象就是

这样。

　　数据来自任何地方。宇宙也一样。我们在宇宙里共享相同的东西，成为宇宙的要素。宇宙就这样由各个要素聚集起来而存在。我们在不知不觉中和宇宙互相影响，只是现在才知道罢了，通过到达地球的外星信号。

　　前方薄荷色的点闪烁。转瞬之间，布满我周围的宇宙被迅速吸入薄荷色点的内部。仿佛时光倒流，我在飞扬的薄荷色孢子堆里看着数字。它们改变自己的身体，开始数数。

　　　　　　　　3，2，1……

　　周围所有的颜色都变白了。2 号出口在等待下一位访客。门开了。

树根向天生长

千先兰　著

1

2029-01-17

没做梦。自从来到这里之后，再也没有做过噩梦。以前也是这样。冲突地区的睡眠总是很深。反而很幸运。不过我也没什么特别之处。每个人都是开始几周很难熬，然而身体很快就会适应。即使大家都睡得很沉，只要警笛声响起，还是能够迅速做出反应。三分钟之内换好作战服，拿起枪支，赶到集装箱前集合。人的适应能力非常可怕。生存本能什么都知道。为了活下去，哪怕在极端情况下也要充分地睡好，吃好，还要好好地笑。如果再见到黎巴嫩的同事们，大家会不约而同地喧哗好几个小时，仿佛那里全是愉快的回忆。明明是很残忍的往事，仅仅因为活下来而变成了回忆。

去黎巴嫩是七年前的事了。那时我二十三岁。小时候我喜欢运动。体能测试并不难，不过意志力测试总是很紧张。每次站在咨询室门口等候，心跳的速度都会超过跑步的时候。就像拿着很差的成绩，站在教练休息室门口。但是，心情比那个时候更糟糕。成绩已经出来了，只要以后加倍努力就行了。话虽这样说，可测试不就是揭我的底嘛。感觉就像挤出我深深藏在身体里的脓水。心里很不舒服，觉得肮脏，而且不爽。每周要测试三天，已经反复了好几周，那个人每次都在。那个人是谁啊？我也不知道。记不清了。不知不觉，那人就在我的记忆里落地生根了。从我小时候在隧道桥遇见那个人开始。我不记得为什么见面，见面做了什么，不过那个场面还是很清晰。

总之，我拼命地无视那个人。为了不看那个人，我紧紧地盯着咨询师的眼睛，不料这让我收获了很高的评价。那就是不躲避别人的视线。我根本就不想去看站在身边又从未呼唤过的人。从那以后，我就不相信什么理性判断了。没有什么正确的判断。只是认为判断正确，然后努力罢了。你的判断也会这样。没有睡眠障碍。存在轻微的抑郁症状。没有暴力倾向。如果是这样写，那我就会以为这就是我，并且这样行动。但是，我并不认为这是坏事，也不觉得是错误。因为人会根据情况不断变化，并由他人规定，直到被他人夺走自我，所以对他人的评价很敏感。因为自己很快就会变成那样。

从这个意义上说，这里可能是地球上唯一不受他人评价，能够活出自我的地方。尽管也有确定的战略战术，然而任何时候能够保护我的只有我的判断。直到走进这个当作咨询室的集装箱之前。

2029-01-19

黑暗之中连个灯泡都没有。因为光是信号。单是敲打集装箱门的声音就能让人从睡梦中惊醒。只要听见那个声音，梦就会被瞬间吸入钥匙孔。像揉皱的纸。静静地看着刚才还和我说话的人们扭曲、揉皱，被吸入那个小小的孔洞，我的视野也在不知不觉间暗淡下来，我醒了，没有睡与梦的界限。哨兵叫醒我们的时间在凌晨 6 点。原来我喜欢在早晨洗澡，这里却不行。我只是用盛在瓶子里的水浸湿毛巾，随便擦擦脸，然而皮肤却比以前更好了。当然有的士兵皮肤变差了，不过这种生活还挺适合我的身体。也许是睡眠充足的缘故吧。总之，这意味着我已经适应得很好了。

清晨睁开眼睛的时候，林正无精打采地坐在床上。导弹落到这个部队，林说自己明显感觉到了震动。昨天不是林第一次那样。林经常坐在床上，难以入睡。上次，那个东西找到了我们的集装箱。打开门，挨个打量睡梦中的我们。林说，为了不被发现自己醒着的事实，她屏住呼吸，浑身发抖。颤抖并不是假的。至少在林的世界里，这件事真实发生了。如果症状继续加重，林就不能继续待在这里了。因为不能看着自己的同事，一边喊着就是他们一边开枪扫射。那样太残忍了。

　　很多士兵都有过异常症状。柳真说感觉自己身上有虫子在爬。那是幻觉吧。他说明明知道是幻觉，却又不能假装不知道或者直接无视。谁能无视拇指大小的甲壳虫爬在腿上的感觉呢？只有上了战场，这种症状才不会出现。踩中地雷而截掉一条腿的圣贤也经历过幻肢痛，然而在战场上却不怎么痛苦。因为越来越严重的幻肢痛，圣贤最后还是回家了。不过直到最后那孩子也还是想留在这里。他知道回去之后会更疼，而且痛苦会不停不休，那还不如战死沙场呢。为什么会那么想？难道与不明真相的存在搏斗，我们的判断力必然要涣散吗？有时候，感觉那就是它们的伎俩。为了杀死我们，为了让我们盲目冲动，不停地施加给我们感觉不到的刺激。这样想就舒服多了。只希望我们的问题不要像脓水那样破裂。现在这个时代，谁都不能像以前那样做出判断了。

　　有时会突然好奇，圣贤是否依然遭受痛苦的折磨。不过，跟他没有联系。这个嘛。要是活着出去的话，见了面再问也可以吧？如果可以的话。

2029-01-22

走进指挥控制室，本在里面。本出去侦察了十天才回来。你应该死了啊，我说。我告诉那些始终没有放弃希望的士兵，本已经死了，不要再想了，该干什么就干什么吧。你问我是不是光嘴上这么说？不，不是的。我真的以为本已经死了。怎么可能活下来呢？周围遍地都是那些东西。我没有伤心。面对死亡，早就习惯了。不过看见活着的本，我也情不自禁地流下了眼泪。看来我是对活着感到不习惯。顽强地活下来，回来，活着……陌生的感觉笼罩了我的全身，甚至不知道自己在抱着本的胳膊上使了劲儿。直到本喊疼之后，我才恍然大悟。那是喜悦吗？如果真的是喜悦，为什么我在那个瞬间感觉不到喜悦。当时我只觉得委屈，生气。对我自己，对这个世界。本明明活着我却说他死了，在这个世界上我也只能这样。

本指挥的侦察队沿着海岸移动，后来被孤立在多尼亚纳国家公园。侦察队被能见度不足三十厘米的大雾困住，不得不在总面积达 543 平方公里的公园里游荡了十天。他们满怀恐惧，不知道会出现什么，同时完全丧失了前进的感觉。尽管侦察队的二十名成员全部归队，然而大家都疲惫不堪。十几天省着吃压缩干粮，不停地发送求救信号，然而我们根本就没收到信号。不管怎么说，最重要的是回来了。这是本第二次向我展示奇迹。

八年前在黎巴嫩，本也曾走过鬼门关。随着美国政权转移到民主党，原以为黎巴嫩和以色列的纷争会平息，不料事实恰好相反。政权从共和党向民主党转移的那一年，全世界都被病毒摧毁了。亚洲，尤其是韩国除了几次宗教集会，并没有举行像模像样的示威，所以集体感染的规模再大，也就是每天1000人左右。美国和欧洲、中东等大部分国家的情况都不同。每天都有几万人被确认感染，反对防疫的示威声势巨大，我还记得当时实时关注到整个国家都陷入瘫痪，简直就是人间地狱。那时候，世界上蔓延着不是病毒杀人，而是人杀人的恐怖感。从那以后，直到完美的疫苗问世，又过了很长时间。这期间经济增长触底，无数人的生活崩溃。这就是原因。无非是人类不断重复的失误罢了，只为收拾涣散的民心，为了发展经济。那就是战争。尽管战争让很多人死于非命，然而与此同时，因为战争特需而复苏的经济也让很多人喜笑颜开。疾病、灾害、灾难、战争。那个时候最能体现这些东西的两面性。战争因为病毒而停止，然而中东的和平随着疫苗的出现一起消失了。

我隶属于韩国军707特战师，前来黎巴嫩执行任务。本隶属于美国特工部队的突击队，自愿参加侦察队而来到黎巴嫩。韩国军队和美军部队挨得很近，所以关系密切。凌晨睡不着觉，我走到集装箱外面，恰好本也没有入睡。本先跟我搭话说，2018年平昌冬季奥运会期间他曾访问过韩国。他是国家滑雪队的队员，但是并没有取得好成绩。他开玩笑说，韩国的核桃饼干和花生饼干味道不错，还买了好几包。交谈很愉快，两人也合得来。以前在韩国都找不到的缘分，感觉在中东找到了。

以色列军队对韩国军也很包容。换而言之，对他们来说美军就是恶魔般的存在。当时就像现在这样，三台车同时出动侦察。如果说和现在有什么不同之处，那就是当时最后面的车辆是干扰器①。因为干扰器，我们无法使用 GPS，也不知道这里的位置。当时只有地图。周围都是沙漠，不管怎么集中注意力，还是很容易迷路。有一次，我们错误地靠近了边境地区，以色列军队紧紧跟了上来。无奈之下，我们只好停车。你能想象吗？我们在争议地区被敌军包围了。从当时的情况来看，即使中枪也不奇怪。可是，以色列军队确认我们是韩国军队之后，只是警告我们不要来这个地方，便放我们回来了。这是运

————————

① 电波干扰装置，用于干扰、限制和降低通信和雷达系统的使用。——原注

气。真的是万幸。只有以色列军队对韩国没什么恶感，这样的
情况才会发生。美军就不一样了。本搭乘的侦察队失踪了将近
半个月。当时我还想，哪怕只有本的脑袋回来了，也不必惊
讶。紧紧拥抱他吧。如果眼睛是睁着的，那就帮他合上。不
料，本活着回来了。尽管他瘦得像皮包骨头，已经不是我记忆
中那个健康的本。

经历过两次这样的事情之后，我对本说，无论将来发生什
么灾难，你都能避免。我说这是我的真心话。当时本说了些奇
怪的话。他说被大雾包围的时候，自己并不痛苦。还说那十天
里，每次稍微闭上眼睛，就会做个好梦，梦中可以呆呆地望着
自己想见的人，根本不知道多少年没有这样了。他说自己没有
感到多痛苦。尽管肚子很饿。是不是很奇怪啊？尽管我也没有
做噩梦。看样子这里真的很适合我们。天可怜见。

2029-01-24

国际联合禁止夜间活动。于是，主张夜间活动权利的示威
长龙挤满了光化门附近。队伍从光化门三岔路口开始，绵延到
了广场、市厅站、首尔站。崇礼门五岔路口更是人山人海，看
不见汽车。自从 2019 年检查改革集会之后，还是第一次出现
这样的情景。据推算，大约有 100 万人参加了集会。当时我在

济州机场。为了执行任务，必须搭乘飞机，然而禁止夜间活动导致飞机无法起飞，我被困在了机场。其他队员已经赶到了现场，只有我出发晚了。就因为办葬礼，我独自留在了济州岛老家。我已经联系好要乘飞机赶往部队，偏偏航班停飞了。

机场几乎成了人间地狱。大家都做好了回家或者迎接家人回来的准备，航班又在没有预告的情况下停飞，这也是理所当然的事。孩子在哭，人们的声音越来越大，电话铃声同时响起。只有我的手机最安静。我从来没有如此真切地感受到没人找我的事实。如果本在美国，说不定会给我打电话，然而他已经在我即将赶去的北大西洋附近等我了。我在混乱的机场通过大屏幕观看示威游行。那是和平示威。大家都举着照亮夜晚的蜡烛。面对人类史上空前绝后的紧急事态，人们依然冷静地守护着自己的日常生活，这样的场景既怪异又令人羡慕。我有没有想要守护的东西呢？

如果没有光，就会出现意想不到的大问题。单是那天，一个小时之内就涌现出各种事故。不光韩国如此，大屏幕轮番播放首尔、伦敦、纽约、巴黎、东京、新德里、渥太华、柏林的场景，展示着人们反抗国际联合单方面压迫和通报的样子。

朴元士①在混乱的机场找到了我。他乘坐军用直升机来到这里。他说我必须跟他一起走。从这个时候开始情况陡转直下，像坠落的飞机。当它们进入我们的视野超过十个小时的时候，我们只发现它们对光有反应的基本信息，其他信息一概不知，然而攻击开始了。惊慌失措的人们匆忙逃跑之后，机场里瞬间安静下来。你知道吗？比起突然响起的巨大的轰鸣声，瞬间出现的沉默更令人毛骨悚然。将来经历过了，你就知道这是什么意思。爆炸声只是让人感到恐惧，而沉默带来的却是绝望。

人们像人体模特似的站在屏幕前面，呆呆地注视着禁止夜间活动以后，紧急归航的飞机当场坠落。聚集在光化门的光开始熄灭，黑暗中只听得见惨叫声声。正在这时，机场的灯光也熄灭了，世界彻底黑了下来。在这个伸手不见五指的世界里，满耳都是坠入地狱般的怪声。

乘坐军用直升机前往葡萄牙的时候，我看见了毫无光亮的地球。好像又不是地球，而是被遗弃的行星，很久以前曾有人类居住，却早已离开了。我来到了战争的中心，实在难以想象人们都已死亡的事实。来的时候我问朴元士，你发现什么了

① 元士是韩国军队的军衔，即一级军士长，相当于中国的高级士官。——译注

吗？没有。他们是谁？不知道。你的目的是什么？不知道。你从哪里来？不知道。为什么要攻击我们？不知道。

不知道。

不知道。

我还想最后问点儿什么，不料他的脸色黑了，我也就不再多问。现在也是。我不能提问。对谁都是。因为战争已经开始了，很多人正在经受煎熬。

我只是感到好奇。他们真想打仗吗？不是我们先发动进攻的吧？

2029-01-26

是芬兰队员。第一次活捉到那个东西，并且把它带回来。当时是第五次激战。1500 名芬兰军人被派到这里，第五次激战的时候仅剩了 700 余人。芬兰是受灾最严重的国家之一。贝卡是唯一跟我说过话的芬兰队员。那天在监视塔上站岗，我们聊了起来。那天本来不是我站岗，只是确定在监视塔站岗的韩军士兵得了严重的感冒。看着他垂死挣扎的样子，我主动提出替他站岗。反正也睡不着，我也想在光明消失的地球上畅快地看星星。遇见贝卡之前，我和芬兰军队毫无接触。大家聚集到这里不是为了玩耍，这也是理所当然的事，不过芬兰军队又是格外的沉默寡言，而且冷冰冰的。他们只是面无表情地盯着前方，很难跟他们搭话。贝卡也是这样，坐在监视塔上默默地注视着前方。监视塔同样不能发光，只能通过红外摄像机来掌握动静。然而这里毕竟是战场，我们的作战对象又来自地球之外，单是这点就让我们两人之间有了某种纽带感。贝卡应该也是这样。因为坐在自己身旁的至少是个人啊。

语言？当然不通。对于彼此而言，芬兰语和韩语就是第三世界的语言。贝卡和我都能说点儿英语，不过我们坚持不用英语交流。芬兰人和韩国人见面用英语交流，实在有些烦人。我们用的是语音翻译机。我爱听贝卡说芬兰语。也不知道为什么，反正听着就觉得舒服。贝卡说在北欧，芬兰也是极地，冬天有看不见太阳的日子。禁止夜间活动的时候，芬兰方面的暴动并不严重。我问没有白昼和看不见光有没有区别，贝卡回答说差别就是对夜晚的恐惧。你能坚持多少个没有光亮的夜晚。贝卡说从很久以前芬兰人就经历过没有太阳的白昼，所以不会害怕黑夜。不怕黑夜的基因代代相传。所以只要有芬兰军队，这场战争就不会失败。尽管芬兰军队失去了很多士兵，不过贝卡说得没错。幸亏有芬兰军队，人类才第一次看见和自己战斗的存在。他们并不害怕连光都无法通过的浓雾。

实际见过那个东西的人还是极少数。大家只是看过影像和照片。与人类相同的体型，犹如不锈钢似的冷冰冰的皮肤，十个手指和脚趾，以及耳朵、鼻子、嘴巴、乳头、皮肤上的痣。人类有的它们也都有。当然也不是完全一样。那就是没有眼皮的眼睛又大又黑。这让人印象深刻。眼睛几乎占据了半个脸孔。奇怪的是很像我们想象中的外星人。感觉就像直接带来了有人目击到的外星人。这让人更加好奇。人类从未见过这颗行星以外的存在，怎么能想象出这样的存在呢？

我的作战区域是葡萄牙拉各斯海岸。那是防御线。地形复杂，充满变数。那是布满悬崖、岩石和洞穴的海岸。第三次战斗打响的时候，我就有过这种感觉。似乎我们之间的战斗并不陌生。我们从它们身上感觉到无比的恐惧，那是在地球上能感受到的最大的恐惧。明明是第一次见到的陌生的存在，却又觉得有点儿熟悉。不久之后，我就知道为什么会有这种感觉了。跟随朴元士到指挥控制室参加作战会议的时候，我才知道。随着时间的流逝，它们也学会了利用地球的地形。洞穴、岩石、悬崖、山峰、瀑布。朴元士说它们都是很聪明的家伙，我却不这样想。无论头脑多么聪明，毕竟是初来乍到，怎么能够如此自然地利用陌生行星的地形呢。我觉得不可思议。它们会不会曾经来过地球呢？看见它们的照片的时候，我的想法更加坚定了。尽管还没有根据。它们真的是第一次来地球吗？为什么我在这里反而变得陌生了。

几天后，贝卡又用翻译机和我聊了整个早晨，当天下午他就变成尸体回来了。这算幸运的了。这个战场上的尸体回收率不到三成。因为肉体没有留下来，而是消失了。哪些肉体会留下，哪些肉体会消失，目前还没有明确的标准。多么幸运啊。证明活过的尸体留下来了。死亡确认了活过的事实。因为本就没能做到。

我曾听本讲过一个芬兰笑话。据说零下 300 摄氏度连地狱都会结冰，然而抗寒能力强的芬兰人却在欧洲歌唱大赛上夺得了冠军。芬兰人大都认为地狱是火海，不过当时我没能告诉他这句话。那是起床时间，必须集合。韩国宗教里有十大地狱，其中就有冰冻的悬崖。你死后去那儿就行了。我也只是开玩笑。

2029-01-26

韩国军队的食材还没来，我们吃了泰国军队的饭菜。幸好不是德军和英军的食物。

2029-02-02

大雾让我想起了首尔。高中毕业后，我独自来到首尔，举目无亲地生活了两年。倒也不累。大部分首尔人跟我差不多，这里也都没什么亲人。灰蒙蒙的天空，刺鼻的味道，遮住嘴巴和鼻子的口罩。遗憾的是，笼罩首尔的不是大雾，而是雾霾。一级致癌物。人们捂着鼻子和嘴，蜷缩着身体走路，似乎是想尽力躲开那些致癌物。我也不例外。首尔、仁川、京畿道，一年四季都有最严重的致癌物，不过人们并没有离开。因为无论走到哪里，呼吸都很困难。从任何意义上说都是如此。

感觉就像走在灰尘坑里。仅仅是走过首尔街头，头发和衣服上都散发着尘土的味道。我每天都去望远洞的咖啡馆上班。来到咖啡馆，第一件事就是打开空气净化器。大约运转一个小时，红灯才能变绿，直到这时我才摘下口罩。尽管知道这样做没什么用，我也没有多么强烈的求生欲望，只是不想在身体深处堆满致癌物的状态下死去。我不想得那样的病。咳嗽声让我想起了那个人。无论是走在街头，还是在咖啡馆上班，抑或是乘坐地铁，只要听见咳嗽声，我都会情不自禁地感到紧张。尽管知道不是那个人。我总感觉自己突然被巨人的手抓住了。我讨厌雾霾。因为每个人都在咳嗽。

从家走到咖啡馆需要十来分钟。那是低层多户型住宅区。到处都是低矮的房子和漂亮的商店，很安静。赶在偶尔没有灰尘的日子过去，天空美得让人陶醉。当然很短暂。即便是首尔，我也不愿生活在复杂的地方。我曾住过的房子，地下是带铁门的商店。后来我才知道。单从外观上看，根本想不到会是商店，也没有招牌。我只是想那会是什么地方，但也不是一定要知道。无论是过去还是现在，我都没什么好奇心。搬家后的第一个夏天，一个身穿短袖衬衫的女人从地下走了出来，胳膊上缠着透明的保鲜膜。那里文有缠绕着玫瑰花的蛇。地下是文身店。外面很简陋，里面装饰得非常雅致。我也是在那里做的。老板问我想文什么，我说只要能遮住伤疤就好。他让我说出自己喜欢的东西，我什么也想不起来。食物、动物、事物、人，都行。我这才知道，原来别人都知道自己喜欢什么。喜欢什么……就是能让自己变得幸福的东西。他刚说完，我突然想起的东西消失了。这是树。奇怪吧？根长在天上的树。奇怪的是，这棵树总是出现在梦里。好像在哪儿见过。

我背着五个 23 发弹匣出去了。作战服、防弹背心、防弹帽、战斗靴。这是战场上保护我的全部装备。只是往前走，看不见路。走在路上，根本不知道我的前面是它们，还是悬崖峭壁。对我们来说，最大的安慰是它们不设置爆炸物。这是仅有的安慰。它们携带着类似于枪支的武器。枪口很长，却不发射子弹。枪口射出的是黏度很高的液体，威力和子弹差不多。从声音判断，似乎不需要从外部充电。好像沸腾的水在震动。

　　沿着 A22 号公路向东。从拉各斯到波尔蒂芒，沿着公路侦察的时候，我遇见了它。幸好是我们先发现，及时隐藏起来。无论对方是什么样的存在，最好还是避免正面冲突。那会给所有人造成致命伤。我们躲在停泊于码头的游艇后面，观察它们的动态。距离近到只有一步之遥的时候，它们的武器发出了声音。那是类似于文身机的噪声。明明是两相对峙的紧张状态，我却感觉很舒服，仿佛躺在缠着保鲜膜的床上。文身的时候，感觉不到疼。

　　它们的武器没有给我们任何信息。俘虏身上没有武器，另外获得的武器在我们手里无法使用。我们试着用俘虏的手操作，同样没有任何反应。我们推测，只有活体的信息才能操作武器。研究正在进行，很快会有结果。尽管如此，结果并不能成为赢得这场战争的关键。

　　我想知道的仅此而已。为什么有人中枪之后像雾一样消失，有人却留下了肉体？消失的人和留下的人究竟有什么差别？本，为什么从我眼前消失了？

　　我不知道它们是什么样子。不过有传言说，第二天它们会消散如雾。就在我们面前。有人说，它们是在消散之前自杀了。夺过枪支，自行爆头。

2029-02-07

如果幸运地活到战争结束，我会回归日常生活。以后，我不会再上战场了。因为我做出了这样的承诺。你问会好起来吗？不，不会的。好像不会吧。那怎么办？如果不能好转，还有别的办法吗？

2029-02-09

如果说成功压缩了半径，那就相当于士兵在这里获得胜利。因为最重要的是不能丧失区域。现在，只要将它们步步逼近悬崖就行了，让它们弹出地球。遗憾的是，浓雾尚未散去，我们还没能掌握它们乘坐的飞行器是什么形态。任何雷达都无法捕捉。

捕获和攻击飞行器是扭转战局的关键，可是战术改变了。答案只有用数字推进。尽管已经失去了很多同志，只要能回去。

大家都开始梦想能平安回去了。回到家人身旁，回到恋人身旁，回到以前的时代。回到我们经营的平凡生活。我也想象过那样的日常。战争结束后，我想跟着本去美国。这是本先提出的建议。我问去了之后靠什么生活，本说到时候再想办法。本说得对。那天如果我们望着失去光芒得到星星的地球的夜

空，详细地描绘我将要迎来的平凡生活，那只会带来更大的绝
望和悲伤。

临时士兵墓地里竖起了本的墓碑。石碑并不陌生。我在黎
巴嫩的时候，部队里也有临时墓地。在黎巴嫩，本和我并肩而
坐，为阵亡的战友祈祷。我们又反复念叨着总有一天我们也会
死，哪怕不是死在这里，活下来的人也要留下肉体，离开生
活。可是，本不一样。

抚摸着石碑的顶部，感觉就像在抚摸本的脑袋。墓地里还
有像本一样找不到尸体的战友们。我不常去。因为那里没有
本。没有人能想到比死亡更重的死亡。死亡是唯一的事。尽管
通往死亡的路有百万条，然而死亡只是一个点。我相信这个点
不可分割。可是，我错了。宇宙带来了人类从未经历过的死
亡。所谓的"完美的毁灭"。连根头发都不留。

本目睹了自己身体的消失。满眼的难以置信。本的身体在
流血，血滴在落地之前就消失了，像雾。手、脚、头发，从末
端开始，慢慢地，灰蒙蒙地，消失得干干净净。本似乎本能地
知道无法阻止，抬头看着我。另一名中枪的士兵脑袋撞地而
死，本为什么就消失了。本的脸上没有痛苦。只有不相信自己
会消失的表情。

我什么都做不了。甚至不能跑过去拥抱本。当我清醒过来

时，周围只有大雾。最近，大雾经常出现在我的梦里。我拥抱着雾。然后说话。在哪儿。在哪儿……

我没有区分生与死的界限。那个人，也就是出现在我面前的那个人，虽然早在很久以前就死了，却又不停地出现在我的面前。不同于在我眼前消失得无影无踪的本。当时我偷听了刑警们的交谈。不知是上吊自杀，还是用刀割了手腕。不管怎么样，那个人并没有死。从我的记忆里，从我的身体里，从我的生活中，从我的呼吸中，逐渐剥离了本人的生活。不光是我没有死，那个人也没有死。我没有痛苦。因为即使那个人还在，我也不能继续过我自己的生活。

2029-02-12

将来我们应该怎样称呼它们呢？还有，它们为什么来找我们？至少可以找个人问问吧。有一天，本跟我说过这样的话。

"也许，它们是可以和我们沟通的。当我在雾中徘徊的时候，好像有什么东西告诉我怎样走出大雾。别的士兵没有注意，不过我听见了。嗒、嗒，它们发出声音引诱我们。我并不是说它们对我们完全是善意，只是说它们可能并不完全是出于敌意，就像我们一样。"

像我们一样……

2028-10-28～2029-02-13

持续 109 天的对宇宙生命体的战争结束。

"是不是采取了别的战术?"

"也许转移到了别的地方。"

"可能在准备最后的攻击。"

"我们将以北大西洋为起点,扩大搜索半径。不用担心。他们确实离开了地球。"

"2032 年之前,还要再发射五颗卫星……"

"我们正在逐渐回归日常生活。"

"连续 87 天没有发现外星生命。"

"地球上又只有我们了。"

2

最后,林把行李装上卡车,像个把孩子留下自己离开的养育者似的望着李仁。李仁清楚地看懂了林的心,那颗心里掺杂着犹豫、歉疚和别扭,却没有说出"没关系"或"别担心"这样老套的话,只是挥手砸向卡车,似乎是催促赶快出发。这是运送韩国军队的最后的卡车了。卡车将直接开往法鲁机场,韩国军队就在那里搭乘专机,返回韩国。这是第二次归国,没有上车的韩国军人只有李仁。卡车穿过集装箱之间,驶出了部队。李仁看了看驶向晚霞的卡车，早早地转过身去。只有这样，林才能放心地转身。

一个多月的时间里，被派遣到这里的各国士兵相继回国了。曾经总是人满为患的公共浴室已经干涸很久了。为了那些留下的人们，部队中间整整齐齐地堆放着没有打包带走的罐头和果酱。尽管是来自停火和胜利的解散，不过这里还是像极了惨遭外星生命体毁灭之后勉强留下人类痕迹的遗址。李仁拿起一盒金枪鱼罐头，走向集装箱。原来是六人合用的集装箱成了李仁的单间。李仁关上林的储物柜，坐在床边。桌子上钟表的秒针声充满了集装箱。就在昨天，她还不知道秒针的声音竟然这么响。以前在集装箱里总是匆忙交谈，睡觉，赶在天亮之前出去。这里从来就只是短暂逗留之地。现在，集装箱比李仁之前感受过的更为狭窄和寒冷。没有隔热材料的墙壁弥漫着寒气，仿佛在实时缩小间隔。李仁独自在里面吃了金枪鱼罐头，对付着填饱肚子，然后关掉中央灯，躺在自己床上闭上了眼睛。

李仁做了个朦朦胧胧的噩梦，于是睁开眼睛。天还没亮，哈气明显可见。尽管盖着薄薄的卡其色被子，然而身体并没有变得暖和。最后，她带着洗漱用品和衣服，走出了集装箱。很久没做噩梦了，想不到又开始了。难道是这个世界继续提醒李

仁，你的命运就是要活在绝望之中。仿佛只有世间的绝望才是
从李仁的个体噩梦中获得解放的唯一的宁静。外面弥漫着幽蓝
的气息。事物和天空的界限变得模糊了，只有李仁的脚步声回
荡。悠闲而平静的早晨。人类曾是那么期盼，那么渴望。

　　离开这里，不知道能不能找到比这里更好的地方。必
须有所期待才能坚持下去。偶尔也觉得这边更好。因为对
我来说，这样的生活本身并不辛苦。
　　您养过小狗或猫吗？
　　是的，一个人住在首尔的时候养过猫。它好像走丢
了，或者是被人遗弃了。坐在窗户框上，敲了好几天的窗
户，我稍事坚持，最后还是让它进来了。一个月时间，我
努力寻找它的主人，最后也没有找到。后来才发现它得了
心脏病。听说太迟了，很难治疗。所以主人才会扔掉吧。
小家伙陪了我一年半左右。
　　小家伙叫什么？
　　娜娜。
　　挺合适的名字。应该长着白毛吧。
　　那是只黑猫。走在阳光下，像金子似的闪闪发光。
　　我建议你在身边安排一个可以取名字，可以让你付出

爱的存在。它能给你好的影响。比人还要稳定。很多朋友都是像你这样需要家人。

应该不错。等这件事结束吧。

您要留下当后续部队?

大概一周吧。

您说是出于自愿,因为刚才说的理由吗?

我想和本打个招呼再走。您也知道,本不在墓地。我要去和本分开的地方。

手枪里只有一发子弹。直到这时,李仁才想起几天前和同事打赌射击的事。她想起剩下的弹匣在哪里,不过还是放弃了,就把手枪放进了包里。应该没什么用吧。考虑到没什么实际用途,便在打赌射击的时候扔掉了弹匣。

李仁在军用雷托纳的副驾驶席放了包、毯子和两瓶矿泉水,然后关上车门。她去向俄罗斯军队报告侦察情况,却只看见排列整齐的空伏特加瓶子,于是默默地转过身去。反正他们也不会找李仁。它们离开地球已经三个月了。全部整理和维护都已经结束,现在剩下的就是防止民间人士接近,以及尽可能地清理数千名军人离去后的位置。虽说也很重要,不过比起战争来又算不上什么。李仁驱车离开了部队。

本问李仁有没有来过葡萄牙。李仁连忙摇头。本又问,那你去过哪个国家。李仁回答说,因为派兵去过黎巴嫩。本反问,为什么没去其他国家。李仁很想问,为什么非要去其他国家,或者什么情况下人们想去别的国家。在这之前,李仁从没有过去其他国家的想法。

灰蒙蒙的雾气遮住了眼前,本看着大雾说自己是二十岁那年来的葡萄牙。现在我们是在拉各斯海边,这里有全世界屈指可数的美丽的悬崖。李仁的眼睛什么也看不见。无法区分天空和大海的界限。远远地传来波涛声。偶尔连涛声也听不见。感觉这里就是宇宙的尽头。

"那边什么也没有。"

停车的地方距离部队有一个小时左右的车程,那是和本聊拉各斯的地方,同时也是本消失的地点。李仁拎着包下了车。这不是可以放心前来的地方。就在三个月前,这里还是冲突的中心地带。想来也不能轻易来,来了也不安心。李仁在相似的位置徘徊良久,终于停下了脚步。好像是这里。距此几步之遥的地方站着李仁,本就站在这个位置。李仁在干草叶沙沙作响的地方坐了下来。她还是不能将死亡径直称作死亡。因为什么都没有留下来。她从包里掏出两块巧克力棒,并排放在脚尖处,呆呆地坐了很久很久。曾经浓雾弥漫,看不到眼前一寸之遥的海边，现在无比蔚蓝。李仁蹲下来，双臂抱住自己的身体，侧耳倾听波涛声。

应该哭吗？应该像某人说的那样放声大哭吗？李仁却没有哭出来。现在是相信哭了也许有用这句话的时候，然而她总是不能相信。因为就在哭得最悲伤的那个瞬间，哭也起不到任何作用。本应该知道。即使李仁没哭，她也已经足够悲伤了。李仁收起巧克力棒，站起身来。

"我转一圈再来。走走你说的路线。"

回到车上，李仁喝了半瓶矿泉水，从扶手箱里拿出了地图。原计划沿着 N125 号公路向南兜风。这条路并不远。最多需要三个小时。这个时间足够赶在俄罗斯军醒酒之前到达部队了。汽车出发了。世界犹如灭亡般寂静。如果有文明幸存而人类消失的地方，李仁想去那里旅行。

事故发生在转瞬之间。移开视线的瞬间，放松的瞬间，安心的瞬间。然而这只是根本不懂事故的人才会说的话。事故有系统、有组织，循序渐进。事故发生之前，所有的情况都在缩小无数的概率，并且朝着那个瞬间延伸。撞击事故地点之前，还有无数的机会阻止事情发生，可是我们感觉不到。事故已经平静地朝着那个地点跑了很长时间。低头看地图，然而就在抬头的瞬间，那个很久没有出现的人重新出现在李仁的眼前，那不是幻觉，而是由往事派生出的事件的延伸，于是急打方向盘、车子坠入悬崖就成了早就计划好的事。也许是因为某个人，或者是因为世界上某种不合理的力量。

那个人渗透在日常生活里。闭上眼睛，出现在梦境的角落；睁开眼睛，生活处处都是那个人。李仁想起了第一伸手去指那个人的日子，自己这个举动引发的悲剧的余波。李仁的大脑，李仁的心，李仁的每个细胞，乃至细胞里的原子，都没有忘记，并且代代相传。即使那个人出现，也不能看。即使看了，也不能说。即使说了，也不能让人听见。这是李仁所能做的，防止其他事故的唯一方法。讽刺的是，那个人没有出现的战场对于李仁来说却是平凡的日常生活。李仁早已习惯了这种平凡的日常生活。刚刚看见那个人，就发生了急打方向盘的失误。

偏向左侧的车辆继续打滑。潮湿的杂草没有摩擦力，维护不善的雷托纳也克服不了惯性。汽车掉下了悬崖。这是从二十年前持续下来的事故的延伸。

本的妻子去世了。两人从小青梅竹马，很早就明白了不能没有对方，长大成人后立刻分享了 100 美元的戒指，并且约定十周年之际互相为对方戴上 1000 美元的戒指。本来韩国参加

2018年平昌冬季奥运会的时候，妻子因心肌梗死而去世。如果本没来韩国，那就不会错过最后的机会，当妻子晕倒在客厅的时候，立刻施行心肺复苏，还能让停止的心脏重新跳动。可是本横穿北太平洋，到了韩国东部。本要想救活妻子，需要改变多少过去呢？他要回到没来韩国的过去、不学滑雪的过去、不把婚房定在芝加哥的过去、雾霾严重的日子里把妻子说心脏疼当成耳旁风的过去、雾霾之中没有掺杂致癌物质的过去。只要不停地往上追溯，总能遇到妻子不死的宇宙。本确信自己不会再遇到妻子那样深爱的人，而李仁也确信不会爱别人。本和李仁相约做邻居也是这个缘故。李仁对本说，自己要过谁都不爱的生活，可是不能孤独。

也许我并不是一个人生活。因为我一直都和某个人在一起。

要是想去没有那个人的地方，应该去哪儿？

不知道。也许地球上没有吧。或者继续追逐战争。否则就只能往后走了。回到事故没有发生的瞬间。不停地往反方向走。

听完李仁的话，本笑了。啪啪的撞击声响起来，有着固定的间隔。李仁转过头来。和本交谈的地方是黎巴嫩的某个小餐厅，李仁发现了十字路口对面有人在看着自己。那个人注视着李仁，走进了没有人行道的大街。李仁转过了头，假装没看见那个人，然而坐在面前的本却在不知不觉间变成了那个人。李仁猛地站了起来。转身的瞬间，李仁和近在眼前的那个人目光对视。李仁的视野变成了黑暗。

视野逐渐清晰，最先看到的是倒立的树。树叶抗拒重力，冲向天空。

李仁呆呆地望着树枝，感觉额头上流下了热乎乎的东西。她抬起头来。车顶满是黑乎乎的血水。她用手抹了抹额头，手掌里沾满了红彤彤的血。手掌感受到鲜血的温度，身体的感觉也随之恢复了。这是难以忍受的痛苦。许久之后，李仁终于发出了野兽般的怪叫。尖锐的树枝穿透了前挡风玻璃和肋部。伸手摸到车顶，车身摇晃起来。她移动身体，想要拔出树枝，然而毫无作用。她喘起了粗气。呼吸又加剧了痛苦。

汽车吊在距离地面不是很高的地方。李仁挂着车顶，大口大口地喘着粗气。首先要离开这棵树。预感到即将到来的痛苦，李仁屏住呼吸，用手掌拍了拍车顶。车身微微晃动。穿过肋骨的树枝也随之晃动，逐渐承受不住重量，开始弯曲。李仁把嘴唇咬得发白，情不自禁地发出怪叫声。既然如此，还不如彻底拔出来。车身严重倾斜，随即倒栽下去。

当晚霞彻底笼罩了大海和悬崖，李仁睁开了眼睛。感觉这里是黄金覆盖的地狱。尽管与李仁所知道的地狱不同，却也有可能如此美丽。不过，这里并不是地狱。沾血的树枝伸向李仁，窗户碎片密密麻麻地沾满了身体。李仁在指尖用力，然后笨拙地移动手指，确认自己还活着的事实。

从变形的车身中抽出身体并不困难。汽车侧翻在地，副驾驶的车窗碰到了沙子。刚刚解开安全带，身体就掉落在副驾驶方向。胳膊上嵌满了碎玻璃片。李仁咒骂着疼痛，爬出车外，躺在松软的沙子上。直到这时才有时间拔出插进胳膊的玻璃片。虽然很痛，不过还能忍受。她不敢翻看血淋淋的上衣。如果看见伤痕，恐怕消失的感觉又要回来，所以她想尽可能地推迟时间。环顾四周，只有悬崖。

李仁坠落的地方是悬崖下方很小的海边，好像悬崖风化脱落的残骸搭成的坟墓。看不见往上走的出路，更没有办法渡过大海。李仁紧紧地闭上了眼睛。尽管她也不想放弃出去的希望，然而就目前的情况而言，她不得不承认自己在这里遇险了。只有尽快承认，才能寻找生存下去的办法。

随身携带的包里只有两个巧克力棒、拉链式连帽衫和手枪，后备厢里还有应急包和手电筒。李仁打开应急包，只有医用缝合器和绷带。李仁深吸一口气，掀开了凝结着血迹的衣服，露出覆盖腰部和腹部的殷红鲜血。她摸索着肚子，确认伤口部位。直径约有 15 厘米。鲜血凝固，堵住了伤口，然而划开的皮肉没有吻合。其中一瓶矿泉水还剩了半瓶，李仁全部倒在伤口上面。她用缝合器对准血液停止的部位，深吸一口气，钉上了钉子。只要稍微停下来，似乎就再也下不了手，只能不停地钉，然后撕开绷带，缠住腰部。李仁这才发出了呻吟。她竭尽全力勒紧绷带。结实点儿。再结实点儿。

手机被压在车底了，对讲机也不见了踪影。李仁把打不开的手机塞进包里。晚霞渐渐变黑了，海风越来越强，越来越冷。旁边是倾倒的车和悬崖，还有大海。这就结束了。不会出现有人偶然经过这里，发现李仁的事。要么是李仁自己爬上悬崖，要么是有人发现李仁不在，找到这里。李仁穿上连帽衫，站了起来。疼痛依然如故，不过还没到无法动弹的程度。她准备了水和粮食，以及装有剩余绷带的包和毯子。天越来越冷，继续待在这里不安全。为了走到悬崖和悬崖之间、岩石和岩石之间，李仁移动着沉重的双腿。说不定俄罗斯军队察觉到李仁没有回来的事实，派人出来寻找。不会，他们能知道韩军留下的事吗？如果他们不知道李仁的存在，那就只能等待林的联系。直到试图联系却联系不上，还是联系不上，总是联系不上的林感觉到异常，赶来确认李仁的生死。直到韩国重新组建侦察队，前来寻找李仁。那要多长时间呢？四天？十天？也许会超过半个月。寻找李仁的韩国直升机肯定会起飞，然而李仁能否活到直升机起飞还是未知数。

悬崖的缝隙很窄，好像被切成了两半。李仁躺进缝隙里面。她想稍微合合眼。无论是观察身体状态，还是离开这里，感觉都要先解决汹涌睡意之后再说。李仁把包当成枕头，又用毯子裹住身体。慢慢地，蜷起了身体。她担心手电筒没电，没开多久就关掉了，随后像昏厥似的睡了过去。

难过、黑暗、寒冷、潮湿的梦压抑着她，李仁睁开了眼睛。

她喝了点儿矿泉水。感觉有些饿了，不过还能忍受，不急着吃东西。伤口好像僵硬了，难以移动。悬崖环绕在四周，依然看不到出口。李仁望着高耸的悬崖，站起身来，站在悬崖前。她想起以前曾对攀岩很有兴趣，于是把手放到可抓可踩的地方，但是没能坚持多久。腹部刚刚用力，立刻就感觉到钉子直往肉里钻，鲜血直往外冒。疼痛让她手上无力，径直从不高的地方跌落下来。落地时腰部受到冲击，伤口疼得她动弹不得。悬崖的尽头看似高不可攀。悬崖是没有枪支的敌人，又像看着李仁死去的审判者。不过，悬崖是敌人也好，审判者也好，这并不重要。曾经被持枪的敌人团团包围，不也活下来了吗？

李仁躺在沙子上，缓缓地调整呼吸。天空晴朗，大海波光闪闪。这是李仁从未见过的天气。那么蓝，蓝得发白。大海的边缘闪闪发光，仿佛点缀着钻石。望着耀眼的大海和天空，李仁高声呐喊。向着大海和悬崖背面。向着可能就在附近某个地方的人。越过悬崖的呐喊激荡起回声。没有回答。李仁喊得更响了。喊声沿着悬崖和大海传播，气势汹汹地前进，仿佛要响彻整个行星，然而传回的只有波涛声。

巴掌大的巧克力棒分成四等份，留下一块，其余的放回包里。她把一块巧克力棒塞进嘴里。太阳正在落山。据说葡萄牙的日落要比韩国晚，如果是夏天，即使晚上 10 点还有晚霞。她想起本说过，有一次没看时间，一直玩到太阳落山，一看表是晚上 10 点。李仁慢慢地融化着嘴里的巧克力棒，拿起了对讲机。无论怎么旋转按钮，对讲机都无法启动。看着黑暗渐渐袭来，李仁只是静静地打开手电筒。

为了告诉别人自己是多么悲伤多么痛苦，她必须欣然跨越生命和死亡的界限。如果连这样的尝试都不去做，那就会变成虚假的痛苦、虚假的悲伤，或者不大的痛苦、不大的悲伤。她似乎并不满足于痛苦和悲伤、挫折和侮辱、憎恶和杀机的存在。有人说，活下去。对没有过想死念头的人说。

也有人强迫她死。十六岁那年认识的朋友们就是这样。孩子们得知李仁经历的事故之后，马上给予拥抱和安慰，却又在转眼间说出别别扭扭的话。孩子们的脸像是用橡皮擦过似的漫漶开来。分不清出自谁的口。残忍而又亲切的脸孔消失了。李仁努力回想，却没能成功，只好中途放弃。她从吵吵嚷嚷的孩子们中间走过，看见开满杜鹃花的运动场。李仁依着窗框，迎着和煦的风，呆呆地望着运动场。很舒服，很幸福。没有人跟李仁搭话。处在生死界限，没有强迫自己做出选择。李仁轻轻地闭上了眼睛。虽然不能回答任何人，可是李仁，还是喜欢活着。

李仁感觉有些异样，连忙睁开眼睛。她发现周围雾气弥漫，于是本能地掏出手枪，背靠悬崖，坐了起来。周围很安静。李仁擦了擦冷汗，放下手枪。原来只是单纯的海雾，飘浮在海面。紧张感消除了，疼痛随之而来。李仁掀开衣服。鲜血没有渗出厚厚的绷带，不过还是感觉伤口热乎乎的。好像流脓了，或者渗出了点儿血。李仁坐着不动，直到疼痛消失。她喝了几口水，靠着悬崖坐了几个小时。每次翻身，腰部的疼痛就会加重。等到疼痛过去，就会出现脱水症状。节水并不容易。她不想每天喝两口以上的水，只是坚持在紧急时刻润润嘴唇，然而流血又出汗的身体并不允许她追随自己的意志。

你知道为什么决心赴死的人反而活得更久吗？所有的生命体都由生存的欲望组成，如果这欲望发生扭曲，那就会挣脱地球的潮流。飞来的子弹受气流裹挟，从而打偏。于是，想死的人反而活得更久，处在非生非死的界限。为了追随妻子而上吊的时候门把手掉了。买子弹回来的路上，包被偷了。安眠药竟然是妻子误放的维生素。当我知道那是维生素的时候，我就知道自己不能死。我觉得是妻子在阻止我，不让我死。所以现在，我想活下去。这场战争结束后，我不会再踏足战场。像你说的那样，我们做邻居吧。首先要做的就是带着村里的小狗去散步。

拼死拼活、顽固执着、卑鄙龌龊、一无所获、丑陋不堪，即便如此也要活下去的李仁，难道她的愿望最终又回到了死亡？李仁抱紧了身体。大海呈粉红色，闪闪发光，仿佛镶嵌着黄色的贝壳。贝壳的光芒从海面射向天空。从海面升起的贝壳光芒开始在天空闪烁，很快就成了天空的光路。这时，李仁感觉到地球就在宇宙之中。寻访地球的它们真的就在某个地方，沿着天上的道路走来。

每当云彩过去，月亮就在天空中荡漾。李仁垂下视线，凝望着映照在大海上的月亮。海水映照的是大海的月亮，晃动的是天上的月亮。李仁转过身来，没有继续凝望。水只剩了几口。尽管口渴得厉害，然而必须忍耐。更大的问题还在后面。总有一天水会喝完，没有了水就不能支持太久。感觉不到附近有什么动静，除了波浪的声音。

　　你不害怕吗？我以为你会死。

　　我也以为自己会死。

　　不过你很厉害，活下来了。也很幸运。

　　不，我祈祷了，祈祷让我活下来。我想活下来，于是我哭着哀求。看你的表情是感觉意外吧。原来你也以为我想死啊。是啊，曾经是这样。不过，那只是暂时的。暂时不可能成为永远。

　　这样过了五天。

　　一根手指都不能动弹。浑身发烫。腿也肿得动不了。全身上下没有力气，不单是因为没吃东西。通过受伤的部位，李仁意识到自己被什么东西感染了。她想活下去，然而离死亡更近了。

　　继续这样下去，说不定连死了都不知道。李仁不会这样放任自己。必须站起来。她要拿枪。

第六天，李仁握枪瞄准。

"……

"……"

随后，那个东西朝李仁举起双臂，伸开了手。不知从哪里摘来的花瓣从手心掉落在地。

嘴唇起皮了，很粗糙，眼皮底下不停地颤抖。明明很冷，还是出汗了。手指没有感觉。好像身体不属于自己了。尽管如此，李仁并不打算放过它。它好像没有武器。李仁扣住扳机，加强警戒。只有一发子弹。这是因为他们轻视了敌人撤退后的土地。一枪毙命的概率有多大呢？没有准确的答案。不过接近于零。举起双手的那个东西向旁边挪了一步，李仁连忙举枪警告。它立刻停下脚步。李仁用枪口指着悬崖。它好像听懂了李仁的指示，走近悬崖，向壁而立。李仁踩着沙子缓缓走过去，枪口对准它的后脑勺，然后低下紧盯住对方面孔的视线，观察它的身体。它的身高和体型比李仁在战场上看到的东西小得多。它的战斗服由细密而坚韧的纤维制作而成，挨几枪都打不出洞。唯一的战术就是无情地射击，直到几个家伙紧贴着断气为止，直到子弹穿透衣服为止。战斗服上到处都有子弹擦过的痕迹，斑斑点点。

它弯了弯手指。李仁的枪口顶住它的后脑勺。它似乎要表现出没有攻击意图，重新伸直了弯曲的手指。既没有武器，更没有战斗意图。也许是掉队了吧。不过李仁知道必须开枪，无论推测结果如何。只要对准头部射击，一枪就能杀死它。正如它们毫不留情地杀死了本。偏偏就在这个时候，李仁看见它的手指在微微颤抖。颤抖。不只是手指，而是全身。它害怕顶住自己后脑勺的枪口，害怕在这里遇到的敌军。真的是颤抖吗？李仁扣住扳机又挪开手指，犹豫不决。

如果现在不扣动扳机，会后悔吗？杀死它和自己活下来，这两个句子有什么关联？如果不能称作胜利，那么李仁为什么必须扣动扳机……

李仁刚刚放下枪，它也缓缓放下了手。看着小心翼翼向后张望的它，李仁掉转脚步。直到李仁在对面的悬崖边坐下来，它也没有发动攻击。李仁感觉自己的判断力变得模糊了。如果是最后一发子弹，她想朝自己开枪，而不是它。她不想把这发子弹让给它。

它们怎么会听懂哀求呢？

它们应该知道我在恐惧。这份恐惧让我看起来像我。

让你看起来像你？

嗯。不是全副武装的美军，而是渴望生活的我。凄惨地证实了我不会攻击它们。

背靠悬崖坐着也很累，不过李仁一刻也没放松扣住扳机的手指。它依然蹲在原来的位置，反复地堆沙子又推倒。看样子是在玩堆沙堡的游戏。也许它真的在玩。偶尔它也观察李仁的动静，继续忍受这无聊的对峙状态。李仁感到好奇。它为什么在这里。它为什么不攻击人类。

"说不定它们也能和我们沟通。"

"我听见了，它们发出嗒、嗒的声音引诱我们。"

干渴的喉咙发不出任何声音。李仁抿了抿裂开的嘴唇，又闭上了嘴。他们之间有距离，即使发出声音，它也听不见。李仁缓缓地吐了口气。张开嘴唇，舌头贴紧上颚然后放下来。

嗒——

李仁又让舌头贴紧上颚。

嗒——

它抬起了头。六天之后，李仁终于听见另一个存在发出的声音。这不是沉闷而生硬的声音。它咂舌发出的声音明亮而清雅。

——！

"你的意思是说，大家完全可以不敌对。像我们这样。"

它像开口说话的幼兽似的发出吼叫声，像是唱给李仁的歌。李仁感觉这现实很不现实。

听见波浪声，李仁从睡梦中抬起头来，首先拿过手枪。也不知道睡了多久。闭眼的时候，睁眼的时候，依然是深深的黎明。周围依然大雾弥漫。它不见了。那里只有倒塌的沙堡。李仁刚要起身，突然跌坐下来。双腿不能随意挪动，同时感到头晕恶心。她用胳膊抱住受伤部位，额头扎进沙子里。除了忍受痛苦，没有别的办法。颠倒的视野里，它正向自己跑来。它焦急地咆哮，好像在呼唤李仁。

有的脸不能靠近了看。有的存在必须混入集体才能活下去。个人面孔暴露的瞬间，很有可能丧失生活的意志。为了活下去，就要消除面孔，进入集体。本就是这样。只要看见本，所有人好像都变成了他的挚友，安慰他失去了深爱的妻子，仿佛本的余生已经所剩无多。遇到能相互对视的李仁，本也很高兴。一定要看清脸。一定要看清刻在脸上的伤痛和喜悦。一定要倾听未能说出的话……它用手撑着地面，双膝跪地，把腰弯成圆形，仔细打量李仁的脸。李仁忍受着痛苦，注视着它的脸。那是在集体里见不到的脸孔。战场让人无法看清一个人的脸孔。因为看见敌人的脸的瞬间，就再也不能瞄准了。

它的手里拿着紫色的花。

它向疼痛的李仁伸出手来，递过自己手里的花。

躺在沙子上的李仁抓住了它的手。冷汗涔涔直流，刹那间浑身无力，精神恍惚。痛苦渐渐平静下来，重又进入梦乡。李仁依然紧握住它的手，没有放开。

它来到李仁的梦里。

星星漂浮在海面，它用渔网捞起一颗星星，递给李仁。梦中的李仁冒出几个疑问。它为什么出现在梦里？梦中的它为什么从海里捞星星给我？为什么我不觉得害怕，还很舒服？李仁想起了本说他在被困雾中的十天里梦见了妻子。李仁想起在冲突地区的时候，出现在各种梦里的同事们的脸。李仁伸手去拿星星，然而星星在李仁的手里变成海水散开。李仁醒了。

"……水。"

那是金属似的声音。

"口渴。"

睁开眼睛，李仁就感觉渴得厉害，却又疲惫至极，连根手指都动不了。她想用双臂爬过去喝海水。明知道不能这样，然而难以忍受的干渴在撕咬李仁。干渴在吸血。身体的水分在流失，失去养分的身体像干巴巴的树枝。李仁缓缓地吐出滚烫的口气。

"……"

一只水瓶出现在眼前。看着倾斜的瓶子底部留下的水，李仁张开嘴巴。它打开瓶盖，把剩下的水倒进李仁口中。李仁这才看清了它。感受着缓缓渗入身体的不冷不热的水，李仁模糊的视野重新找准焦点。它应该是令人恐惧又令人怨恨的存在才对，应该把它当成侵略我们行星的凶恶对象，可是此刻站在李仁眼前的它完全没有这种感觉。李仁注视着它的眼睛，开口说道：

"还要。"

这时，李仁闭上了眼睛，看到的最后一幕是它轻松翻过悬崖，离开这里。

它用瓶子装满水，回来了。李仁因为不知道水的来历而犹豫，不过没有犹豫太久。哪怕有剧毒，李仁也会喝。干渴让人的判断力也随之萎缩。李仁按捺住喝光整瓶的冲动，抿了抿嘴唇。现在终于能喘口气了。幸亏有水。虽然掺了点儿泥，可还是又甜又凉爽。李仁拧上瓶盖，望着蹲在几步开外的它。

"……谢谢。"

李仁自己都觉得尴尬，却还是坚定地继续说道：

"我知道你能听懂我的话。"

其实，李仁并不确定，只是感觉如此，随口说了出来。听了李仁的话，它张开嘴，"笑了"。如果它们笑的时候也像人类似的移动面部肌肉，那它就是在笑。它到底为什么迥异于自己的同类，反而对李仁心怀好意呢？直到现在，李仁依然握着手枪。不过手指并没有扣着扳机。它的脸已经看得太久了，感觉它不能继续被"它"所困了。

需要名字呼唤它。不。李仁只是想取个名字罢了。她想起咨询师的处方，战争结束后，应该在身边放个可以取名字的东西。

"娜娜。"

她很想取个更合适的名字，却怎么也想不起来。

"可以叫你娜娜吗？"

它点了点头。现在，它就是娜娜了。尽管只是临时取的名字。

李仁伸出了手。指着正在慢慢杀死李仁的悬崖。顺着李仁所指的方向，娜娜转过头去，然后注视着李仁。如果将来林听到这个情况，也许会说李仁疯了。如果是本，应该会笑吧。可是，李仁很迫切。一定要活下去，才能把这个故事告诉林。

"带我……带我去那上面……"

她没有余力分辨自己的判断是否正确。但是，她不能让娜娜帮助自己请求救援。没等娜娜回来，它就会被抓住，它会死的。说不定因为娜娜的出现，又会吸引大规模的侦察队，救助自己。虽然不知道什么时候，但很可能动用最后的手段封锁这个地区。谁也进不来，什么都出不去。

"拜托了，把我……带上悬崖。"

尽管知道娜娜比自己矮小，然而李仁还是很期待。也许它们的力量大大超过人类呢。看它随随便便就爬上了悬崖，说不定真的有什么特别的力量或者特殊能力。娜娜看着李仁，叽叽喳喳地叫了起来。它动情地哭了，好像有话要对李仁说，可是李仁什么也听不懂。不过，娜娜好像能听懂李仁的话。和以前养过的猫娜娜不也是这样交流的吗？无论何时，娜娜总是能听懂李仁的话，而李仁却听不懂娜娜的话。

"我不会伤害你的。"

娜娜停止了喊叫。

"……我保证。"

李仁伸出小拇指，意思是向它保证。尽管她也知道娜娜不可能理解人类的约定，然而这种行为却是李仁所能做的最直率的承诺。娜娜仔细看了看李仁伸出的小拇指。娜娜抓住了李仁的小拇指。它的手很小。

　　娜娜太小了，像手一样。她从后面抱住娜娜，李仁真切地感受到娜娜的体格像十二三岁的孩子，力量也没有比人类强太多。还没爬到一半，娜娜就滑倒了。每次跌落在地，李仁感觉全身破碎似的疼痛，却也只能咬牙忍耐。她的胳膊搭在娜娜的肩膀上努力支撑，咬紧牙关苦苦坚持。十余次挑战之后，娜娜还是在相近的位置滑倒了。这次李仁没能支撑下来，松开了胳膊。饥饿和口渴，痛苦和困意相互交织。这是死亡的前兆。确认趾甲和双腿变黑之后，李仁挪开了视线。娜娜捡起掉落在地的矿泉水瓶，递给李仁。仿佛这是治愈之水。李仁接过水瓶，却没有力气。她想稍作休息，缓缓地吐了口气。不知不觉间，天空黑了下来。这次，月亮也在大海里了。

　　"我的名字，李仁。"

　　李仁后来才发现，她只是给娜娜取了名字，却没有介绍自己。她好像很久都没有向别人介绍自己了。如果娜娜是人，她就不会这样说了。

　　"三十一岁。"

　　眼皮又变得沉重。她想象着自己双眼紧闭，永远睁不开的样子。

　　"喜欢足球，很想成为足球运动员。我喜欢所有活动身体的事……"

娜娜叫了几句。李仁挥了挥沉重的手。

"我不知道你在说什么。你说的话……统统不懂。"

李仁抵挡不住沉重的眼皮,闭上双眼,心里想着,我还能再看见天空吗?

隧道。高 2 米,不是很长。缠绕着爬山虎的隧道里扔着没有前轮的摩托车、变成垃圾桶的手推车、只剩骨架的婴儿车。隧道位于公寓区的后门,虽然是通往大海的捷径,却没有人利用这个地方。夜幕降临,入口处的路灯孤零零地点亮。隧道里面没有发生过什么犯罪事件,然而大人们却觉得这条路又黑又脏,哪怕出点儿什么事也不奇怪。这句话等于是说,即使隧道里发生了犯罪事件,那也应该由走进这个危险地方的当事人自己负责。孩子们不知道这些。因为大人的默许,孩子们经常聚集在隧道里玩游戏,甚至偷偷地喝酒、吸烟。无论大人说得多么可怕,孩子们却都不害怕游乐场。这里隐秘而幽静,让人很喜欢。他们可以偷偷地扔掉习题集,可以撕毁试卷,可以放声大哭而无人发现。他们怎么会害怕这样的隧道呢?李仁也是这样。李仁也没有理由害怕隧道。所有的事情都只是发生在隧道里,没有哪个孩子想去对面。因为藤蔓挂在那里,像窗棂。李仁也不例外。她从没想过拨开藤蔓去隧道对面。盯着隧道的李仁转过头来,仰望天空。天空是深紫色的。

　　娜娜就在隧道旁边。李仁呼唤娜娜。娜娜仍然像鸟似的叫着，不过李仁听懂了娜娜的话。原来是做梦。是梦，这个事实让李仁感到轻松。感觉不到痛苦，而是温暖适度，路上很安静，没有行人和车辆。得知自己可以和娜娜通话了，李仁开始思考应该先问什么问题。

　　"你为什么还留在地球？除了你，还有同胞躲在地球上吗？"

　　娜娜说没有。这里只有娜娜自己了。

　　"为什么？"

　　娜娜像个离家出走的孩子似的说，不想回去。

　　"可这里是别的行星啊。"

　　李仁无法理解。这可不是别的城市，别的国家，而是另外的行星。独自留下无异于选择死亡。娜娜说自己也知道，这里不是别的城市，别的国家，而是另外的行星。可是，娜娜的行星太小了，无处可逃。娜娜说，在那里呼吸和死亡没有什么不同，留在这里还能更痛苦吗？娜娜摘下了路边盛开的野花。

　　哪怕是死，也要死在这里，不想回去了。

　　娜娜手里拿着花，这样说道。李仁只是点了点头。它不想待在那里，渴望逃跑，李仁对此不置可否。

　　"只要你们在身旁，梦都变得奇怪了。是你们做的手脚吗?"

娜娜回答说,半对半错。娜娜张开双臂,望着紫色的天空说,这个地方在你的记忆里。"那天"的天空也是这样的紫色吗?李仁生活在如此之深的紫色天空里,却从没有见过。紫色。那天笼罩李仁天空的紫色又是什么呢?李仁反刍着记忆。签字笔涂过的小指甲也是紫色,挂在书包上的毛球也是紫色。还有什么是紫色的呢?李仁冥思苦想,忽然想到穿在身上的裙子是紫色。其中可以用紫色覆盖李仁天空的……

李仁没有陷入沉思,而是直接岔开了话题。现在她只想这样。

"你们种族为什么来这颗行星?"

我们要收复,这颗行星。

早在人类第一次踏上这颗行星之前,往上追溯几次灭绝,那时候它们已经在这里了。它们毁了这颗行星,随后离开,不过它们去的地方最终也没能保存下来。食物和资源不足。后来它们想返回这颗星球,然而这里已经有了新的存在,那就是人类。语言不通,长相各异,文明也不同。

北大西洋之下,那里是文明的中心地带。即使一切都离开了,这颗行星终究会保留着痕迹。就像它们离开之后,这颗行星还记得它们,即使人类消失了,几个世纪之内这颗行星也不会抹去人类的痕迹。直到那颗巨大的恒星爆炸，吞噬一切。李仁并不相信娜娜的话，却也没有刨根问底地追问。无论是真是假，现在都不重要了。重要的是娜娜来到自己的梦里，梦中感觉不到疼痛，而且紫色的天空很美丽……

李仁和娜娜一起走了。也不知道路有多长，然而走出不远，必定会出现隧道。李仁不知道是自己回到了原来的位置，还是隧道如影随形地追了过来。为了避开盖满藤蔓的隧道，李仁默默地注视着前方，听娜娜说话。很久以前，这颗行星上存在着特殊的媒介，无须说话也能沟通。通过彼此的梦、彼此的想法、彼此的心灵，所有变化的生命都可以交流。现在，媒介已经不在了。正如人类的话语通过声音传播，它们的对话也像雾一样，朦朦胧胧地传播开来。这大雾全都是它们的话语啊。李仁点了点头，停下了脚步。呼吸急促，没有力气，她感到强烈的饥饿。饥饿让胃部痉挛，干呕。

看见有光就来了。

娜娜说道，似乎并不关心这样的李仁。

漆黑的凌晨，看见闪烁的光，所以就来了。生命只能跟着光走。因为光是初始。宇宙的初始。然后死去。生命是谁。可是，死亡也分两种。死亡和消失。那后面有什么？

娜娜指着隧道。李仁注视着隧道。通过黑暗的隧道，那后面有什么。埋没的记忆逐渐拼起了碎片。深紫色的天空，挂在天上的树根。树叶之间沙沙作响的对话。

"……一棵树根朝天生长的树，在那后面。"

李仁这才翻开搁置已久的记忆。李仁穿着紫色的裙子，走进了那条隧道，而且见到了那个人。罪行被揭发之后，那个人自行结束了生命，没等付出代价就离开了，却又活在李仁的记忆里。那个人说李仁长得像自己的女儿，温柔地拥抱她……

感觉肉在成块地往下掉。坏死的皮肉会散开吗？幸好不疼。只要不疼，那就能继续活下去。娜娜静静地看着石桥，转头问道，需要清除吗？梦终究是记忆，记忆终究是原子代代相传的东西，如果清除了梦，记忆也会被清除。娜娜说着李仁无法理解的话。李仁想，清除记忆会变得幸福吗？为了彻底清除记忆，应该从哪儿开始，挖到哪儿结束呢？思前想后，还是不知道界限在哪儿。如果彻底清除记忆，那么李仁就必须挖掉自己的人生。这副德行也被硬生生地称作生活。这竟然也是生活。

"我的眼中就是这样。光秃秃的树根伸向天空。真是奇怪的地方。无法清除。因为这样会把我挖掉。需要从这颗行星上挖掉的不是我，而是那个人。"

想说的话随时都可以说。如果你想消失，可以彻底从这个宇宙里消灭。我们就这样死去。如果你想的话。

李仁看着娜娜，低下了头。眼前浮现出消散的本。如果愿意。原来是消失啊。虽然说过一起生活，其实本是渴望消失的。因为想要活下去，所以祈求敌人饶命，这也只是短暂的瞬间罢了。可是为什么？尽管知道那么信任的本迫切地想死，然而李仁并不想跟着本走。死亡和生命之间，为什么不能提出质疑呢？

如果你想消失，我可以帮你。就像你想到悬崖上面，我就帮你一样。虽然我没有做到，但是这次我一定可以。如果你想消失，可以死在我手里。

"我不想。"

那你想死？

"不，我不想死。"

那你想活下去？

面对娜娜的追问，李仁感觉有些恶心，嘴里也很不舒服。感觉很郁闷，好像有人用双手捂住了李仁的嘴巴。可是，这点必须清清楚楚地说出来。

"嗯。"

还是想活下去。

"我想活下去。"

　　尽管如此，还是渴望保住自己的性命。顽强地活下去。醒来之后，李仁将会再次攀登悬崖。

　　可是你正在死去。

　　"不。我能活下去。我要活下去。"

　　怎么活下去？

　　现在，李仁似乎明白了。为什么娜娜会留在这颗行星，为什么看见李仁发出的光而找来，为什么自己发现了娜娜而没有扣动扳机，因为还有本该死去的生命体活着，因为渴望活着的欲望扭曲了地球的流向，并且带领娜娜来到这里。为了拯救李仁。李仁看着娜娜，张开了嘴。

　　睁开眼睛。眼前依然是悬崖峭壁，依然听得见波涛声。一根手指都不能动弹。唯一能做的就是呼吸。但是，大雾在缓缓消散。脚步声在附近徘徊，随后渐渐远去。李仁动了动失去知觉的嘴唇，舌头贴紧上颚又放下。

　　嗒——

　　依稀而微弱的声音响起。远处传来同样依稀而微弱的鸟鸣声。

　　李仁撑了下来。

　　像往常一样平静。

◆

　　林与航空公司通话，要求提前起飞的时候，李仁从包里掏出两块巧克力棒，放在了窗框上面。现在纪念本，已经无须时间和空间的制约。可是她只想在这里回忆本。李仁没有想把本带到韩国的打算。尽管这也只是生者的自我安慰而已。

　　5月27日，也就是遇险一周之后，李仁终于获救。当心跳渐渐停止，死亡猛地咬住脚的时候，李仁听见远处传来了直升机的声音。飞机里有俄罗斯军人和林。看见他们，李仁哭了，哭完又笑，随即破口大骂。"兔崽子们，来得还挺快。"无论如何，重要的是李仁又挺过来了。就像咬紧牙关爬上悬崖的时候，直到有人来到这里，李仁都在顽强地抓牢生命。在葡萄牙医院接受治疗的时候，林守护在旁边。林刚到韩国，就因为联系不上李仁而深感不安。原以为会忙几天，等着就好，然而到第四天就坚持不下去了，急忙跟俄罗斯方面取得了联系。俄军不知道李仁的生死状况，只是说从几天前就不在部队了。起先也觉得不会有事，然而随着时间的推移，不安越来越强烈。林想，说不定李仁是为了死而故意离开。没有人能帮助李仁，没有人能寻找李仁。于是，林又飞回了葡萄牙。林在没有李仁的集装箱里住了一天，梦见了李仁。浓雾弥漫的清晨，梦中的李仁血淋淋地躺在海边，发出鸟鸣似的声音在哭泣。很奇怪，却又很真实，好像是什么东西发出的警告。林说这是奇迹。李仁不同意。一切早已设定好了。这颗行星是为了救李仁。

结束与航空公司的通话，林走过来，帮着李仁拎起行李。李仁在窗框上放好两个巧克力棒，转过身来。林试图搀扶李仁，李仁拒绝了林的好意，默默地往前走。两条腿坏死，左腿没能保住，只能由假肢代替。李仁缓缓前行，想起最后对娜娜说过的话。娜娜遵守了承诺。现在轮到李仁遵守与娜娜的约定了。那是和为了活下去而抛弃自己行星的存在之间的约定。

你出去寻找人们的梦，告诉人们我很危险。

然后，你去哪儿都行。我会保守这颗行星上还有入侵者的秘密。永远。

这颗行星既痛苦又可怕，但是我还能勉强活下去。

现在，李仁再也看不见那个人了。取而代之的是随时随地都能听见的鸟鸣声。

宇宙不在别处（译后记）

薛 舟

看到《我们决定离开这颗星球》这个题目的时候，我心里一动。大约是在 2019 年金草叶出版《如果我们无法以光速前行》之后，韩国文坛的科幻热达到了阶段性的高潮，越来越多的作家加入了科幻阵营。当然，这离不开 2016 年设立的韩国科幻文学奖的推动。这部小说集不是单人作品合集，而是汇集了五位女作家的五部中短篇科幻小说。她们分别是千先兰、朴海蔚、朴文映、吴定妍、李卢卡，大都是"90 后"作家，几乎都获得过韩国科幻文学奖。

五篇小说通读下来，我们发现大部分设定是要离开地球，或者已经走出地球。那么问题来了，为什么要离开地球？为什么那么多女作家要离开地球？地球到底怎么了？

地球还是那个地球，亘古不变。无论是地形地貌的些微变化，还是气候的波动起伏，从地球的角度来看，根本就不算多么严重的大事件。变化的是人，尤其是人的精神世界和心灵世界。换句话说，决定人与地球关系的主要因素是人。尤其是近年来，每个人都能切身感受到物质生活的日益丰富，科学技术及其应用也以肉眼可见的速度在"发展和进步"。

人类对地球的改造幅度越来越大，这种改造反过来影响了人类本身，生产力以极高的效率重新组织生产关系，进而改造社会关系、家庭关系、人际关系。人们越来越富有，却又越来越不开心了。这个"发展悖论"在韩国尤为突出。我们知道韩国社会存在几个传统的核心问题，比如南北分断、财阀政治、韩美同盟问题、韩日历史遗留等等，而新问题也是层出不穷：出生率低迷问题、老龄化问题、性别对立问题、后疫情时代的人际关系问题等等。这些问题落实到个体层面，那就是对现状的不满意，对未来的不确信。令人触目惊心的是，这种不满意和不确信几乎达到了有史以来最深刻的程度。此外，众所周知的是 2017 年开始的 MeToo 运动席卷全社会，掀起了女权主义的新浪潮。综合来看，这之后登上文坛的女作家不可能再对现实无动于衷，改变现实又何其之难，于是大家不约而同地望向外太空，情不自禁地将外星系当成了梦想的试验场。

整体而言，五位女作家的作品都不属于硬科幻，物理性、技术性的想象不占主体，更重要的是以未来为背景，探讨现在的精神和心理问题，大致可以称为心灵科幻小说。

《南十字星座》设想了人类在南十字星座开辟的养老行星。"那里生活着 1 亿 2000 多万名平均年龄 114 岁的居民，负责照顾他们的是 1063 万余个机器人。"为了解决老年人的生活问题，这里的仿真机器人既提供服务，也充当老人的家眷。人类的衰老已经近在眼前，然而将未来的幸福寄望于机器人，哪怕是仿真机器人，真的可能吗？这个大胆的构思揭示了当今世界全人类的隐忧。

《无主地》探讨了人际关系的可能性。"无主地"的宗旨是"通过婚姻制度的终止，获得关系的全面解放"。于是，人类制造大量的克隆人，帮助人类养育后代。虽然是科幻小说，却有着极强的映射意义。小说主人公妍音和基正就是这样的克隆人，他们在任务完成后被派出寻找新的星球，途中却发现被发送到了陌生的星球。这个过程中他们反思"无主地"的章程和宣发，发现想象中美好的无主地却是残忍的地方。

《摇篮行星》有点儿像电影《阿凡达》，同样是殖民外星球的主题。不同的是，执行开拓任务的主人公在关键时刻觉醒了："我是失去家乡的难民，以垃圾车驾驶员和修理工的身份到达这个地方。公司称我为开拓者。对于这颗行星来说，我却是破坏者。从公司立场来看，我是搞砸了项目的职员。但是，这颗行星上濒临灭绝的生物得到了拯救。"出于对家人的爱，并将这份爱延伸到外星生命，他最终选择终止了地球化程序。

《2号出口见》探讨了当下时髦的科技伦理问题，人类能否抛弃物理实体，走向"灵魂、意识、精神的集合体"？随着脑机接口和大脑芯片的步伐日益临近，很多人都在担心这个问题。小说中的"2号出口"借助于意识共同体的形式存在，消弭人生的缺憾，达到永生的目的。作者的探讨既有趣，也很有现实意义。

《树根向天生长》选择了科幻小说中常见的主题：外星文明入侵地球。为了应对挑战，人类组织各国军队加以围剿。战争结束后，留下来搜寻外星文明的主人公发现了幸存的外星人，从相互提防、相互对立的关系走向和解，并且从外星人口中听到了惊人的事实，远在人类之前，外星人早已开发了地球，只是撤离之后被人类占领，它们想重新拿回地球。

无论我们是否欢迎，"大同世界"正在大步走来。也许当我们置身其中的时候，却又惊讶地发现，这并不是我想要的那个世界。然而人类的前进又是集体行为，不会征求每个个体的意见。换成上帝视角看人间，每个房间里、每把椅子上的我们早已变成了数字、字母、账号，乃至流量。热烈拥抱吗？束手就擒吗？敏感的小说家，尤其是科幻小说家们先行出发，代替我们去探索，去实践。

这样的探索超出了国界。现在，世界上已经没有了深藏不露的超然存在和自身秘密，于是历史性地出现了东亚文学的概念，这是很多读者在阅读韩国作家作品时的切身感受。当然，这里说的东亚并非单纯地理意义上的东亚，而是传统与现代、全球化与逆全球化浪潮裹挟下的文化心理上的认同。

我们在科技至上主义和消费资本主义征服个体的时代卑微地遥望太空，那里有我们想要的未来吗？读完五位韩国女作家的小说，也许我们会发现宇宙不在别处，投射在遥远外太空的无非是我们心灵深处的映象而已。